“오랜만이야.
줄곧 얼굴을 보
아서 쓸쓸했

5

세계 최고의 암살자, 이세계 귀족으로 전생하다

The world's best assassin,
To reincarnate in a different world aristocrat

츠키요 루이
일러스트 레이아
옮긴이 송재희

마족 라이오겔을 쓰러뜨리고 어둠에 물든 노이슈와 헤어졌다.

노이슈와는 언젠가 화해할 수 있으리라고 믿고 있다. 그저 믿기만 할 뿐만 아니라 그를 구하기 위해 움직이기로 했다.

그 후에는 라이오겔 토벌의 요점만을 대충 정리한 자료를 냉큼 완성해서 네반의 부하에게 맡겼다.

우수한 이들이니 이걸로 충분했다. 필요한 부분을 보완해서 왕국에 보고 자료를 제출해 줄 것이다.

그리고…….

"우와~ 역시 바람이 기분 좋아!"

디아가 바람에 휘날리는 머리카락을 누르며 눈을 반짝였다.

나는 땅 마법으로 만든 행글라이더로 활공하면서 바람 마법을 사용해 궤도를 수정하고 가속하고 있었다.

목적지는 물론 투아하데령이었다.

행글라이더는 2인용이라 조종은 내가 하고

디아는 단단히 고정되어 있었다.

우리는 하늘 여행을 즐기는 중이었다.

행글라이더는 효과적이면서 연비가 좋은 이동 수단이다.

한때는 자동차나 오토바이 같은 것의 제작을 진심으로 고려하기도 했다. 마법과 내 지식을 조합하면 가능했다.

하지만 차량이 기분 좋게 달릴 만큼 포장된 도로가 없어서 성능이 발휘되지 않기에 행글라이더를 택했다.

편리할 뿐만 아니라, 하늘을 나는 것은 상쾌했다.

『으으으, 치사해요. 저도 루그 님과 같이 가고 싶었어요.』

『네반 님, 그런 말씀 마세요. 저도 슬퍼지니까요.』

귀에 착용한 통신기에서 네반과 타르트의 목소리가 들렸다.

행글라이더는 두 개 만들어서 다른 하나는 타르트가 조종하며 네반을 에스코트하고 있었다.

4인용 행글라이더를 만들려면 너무 커지고, 넷이 나란히 탑승하면 아무래도 공력에 악영향을 주기에 2인용을 두 개 만들었다.

지난번처럼 거대한 바람 카울을 만들면 넷이서 타도 어떻게든 되겠지만, 연비가 나빠서 장거리 비행에는 적합하지 않았다.

그 결과, 바람 속성을 쓸 수 있는 나와 타르트가 행글라이더를 조종하며, 내가 디아를, 타르트가 네반을 책임지기로 했다.

"그나저나 타르트가 이렇게 빨리 익숙해질 줄은 몰랐어."

『의외로 간단했어요!』

『저도 조종해 보고 싶어요.』

“그래? 그럼 네반도 투아하데령에 도착하면 조종해 봐. 바람 마법을 못 써도 활공하는 것만으로도 즐거워.”

『꼭 해 볼게요!』

“아아, 치사해. 나도 할래! 그리고 딱히 바람이 아니어도 가속하는 방법은 있어. 필요한 건 추진력이잖아?”

“디아, 설마 폭발 마법을 쓰려는 건 아니지?”

디아의 속성은 땅과 불. 가장 손쉽게 추진력을 얻는 방법은 폭발 마법이다. 충분한 추력은 얻을 수 있겠지만 기체가 버티지 못한다.

“아하하하, 그럴 리가. 더 좋은 거야!”

“사전에 얘기해 줘. 아무래도 무서워.”

“알았어. 과학과 물리가 얽힌 문제니까. 루그에게 상담하지 않으면 나도 불안해.”

디아는 천재다. 어쩌면 마법으로 제트 엔진 기구 비슷한 것을 만들어 버릴지도 모른다.

“이런, 날씨가 안 좋아졌어.”

행글라이더가 흔들리기 시작했다. 바람이 조금 강해지며 부는 방향도 일정치 않아졌다.

“타르트, 괜찮아?”

『네, 조금 무섭지만 잘 날고 있어요. 무슨 일이 생기면 바로 도움을 청할게요.』

“그렇게 해 줘.”

똑바로 날기만 하는 거면 몰라도, 악천후에 비행시키려니 불안했다.

『루그 님, 아까부터 사용 중인 이 통신기 편리하네요. 이것도 마법인가요?』

아까부터 행글라이더끼리 간격이 있는데도 대화를 나누고 있는 것은 무선 통신기 덕분이었다.

거센 바람 속에서는 이런 도구가 없으면 목소리가 전달되지 않는다.

"이 통신기는 마법도 쓰였지만 과학의 산물이야."

무선 통신기를 만드는 데 필요한 지식은 중학교 물리 정도다. 나처럼 땅 마법으로 재료를 만들고 정교한 가공을 할 줄 안다면 쉽게 만들 수 있다.

다만 만들 수는 있어도 다양한 제한이 있어서 성능은 높지 않았다. 휴대 가능한 크기로 만들면 통신 거리는 100m 정도밖에 안 됐다.

개선이 필요했다.

하지만 아직 통신 기술이 원시적인 이 세계에서 압도적인 강점이 되는 것도 사실이었다.

이 세계에서는 정보를 정확하면서도 신속하게 전달하기 어려웠다.

예를 들어 군사적으로 이용한다고 상정해 보자.

군대에서는 작전 행동에 관한 정보 교환에 전령병을 사용한다. 말 전달 게임처럼 되어서 정보의 정확도는 낮아지고 도착하기까지 시간이 걸리며 그사이에 상황은 시시각각 바뀌어 버린다.

게다가 전령병이 무사히 도착하리라고 보장할 수 없고, 정보를 뺏길 가능성까지 있었다.

그것과 비교하여 무선 통신은 압도적이다.

실시간으로 확실하게 전달된다. 이만큼 정보의 속도와 정확도가 차이 난다면 전력이 두 배 차이 나도 뒤집을 수 있다.

무선 통신 하나만으로도 전쟁의 형태를 바꾸어 버릴 것이다.

『과학…… 아주아주 훌륭해요. 그 약속이 더더욱 원망스럽네요. 이 기술이 있으면 인류는 한 걸음 더 전진할 수 있는데.』

예상대로 네반은 무선 통신에 매우 큰 관심을 보였다.

네반과는 나와 동행하면서 얻은 지식과 기술을 다른 데서 쓰지 않기로 계약했다.

네반은 무선 통신의 군사적, 경제적, 유통상의 가치를 눈치채고 이것이 세계를 바꿀 수 있는 기술임을 알기에 안타까워하는 거겠지.

"이것도 공개할 수 없는 기술이야. ……믿으니까 보여 주는 거야. 그걸 잊지 않았으면 해."

『물론이죠. 루그 님과는 좀 더 함께 싶어요. 그러니까 미움받을 짓은 안 할 거예요.』

낯간지럽지만 무섭기도 했다.

다만 어느 정도 신뢰하고 있었다. 그렇기에 긴급한 상황도 아닌데 무선 통신을 보여 준 것이었다.

"타르트, 조심해. 강한 바람이 불 거야!"

『네! ……꺄악, 왔어요.』

측면에서 엄청난 돌풍이 불었다. 날개가 삐걱거리며 균형이 무너져서 기체가 빙글빙글 돌며 떨어졌다.

이만한 바람을 맞았는데도 날개가 부러지지 않은 것은 부러질 정도의 부하가 가해지면 구부러지게 해서 힘을 흘리도록 만든 덕분이었다.

그 탓에 나선 강하 상태가 된 거지만…….

"꺄아아아아아악."

디아가 소리를 질렀다.

몹시 무서울 것이다.

나선 강하 상태에서 가장 성가신 점이 패닉에 빠지는 것이다. 어디가 위쪽인지도 알 수 없는 상태는 매우 불안해진다.

고도가 충분히 높으니까 안정될 때까지 기다렸다가 상황을 파악하고 태세를 바로잡는 것이 최선이다. 평상시라면 누구나 그걸 눈치챈다.

하지만 패닉에 빠지면 잘 알지도 못하면서 움직여서 돌이킬 수 없는 실수를 저지르게 된다.

회전이 잦아든 뒤 상하를 확인. 자세를 제어하고 다시 활공했다.

타르트를 찾았다.

타르트는 앞에 있었다. 패닉에 빠지지 않고 올바르게 행동하고 있었다.

"호오."

첫 장거리 비행에 냉철하게 트러블에 대응할 줄은 몰랐다.

타르트는 노력으로 센스를 보완한다.

상정할 수 있는 사태에는 미리 대책을 세운다. 그렇기에 안정감이 있다.

하지만 뒤집어 생각하면 대응력이 낮았다.

모르는 일, 예상하지 못한 일에 대한 기지가 부족하다는 약점이 있었다.

하지만 이렇게 처음 겪는 트러블에 대응해 냈다.

다양한 노력이 타르트 안에 기초를 만든 결과이리라.

다수의 기술을 끈기 있게 익힌 것이 타르트를 성장시키고 저력이 된 것이다.

……정말로 잘 성장했다. 앞으로는 더 의지해야겠다.

나와 타르트는 바람을 조종하여 내려간 고도를 단숨에 높였다.

"잘 대처했네."

"네! 루그 님께 단련받았으니까요!"

좋은 대답이다.

"이 페이스라면 금방 투아하데렁에 도착하겠어. 조금만 더 힘내자."

"물론이죠."

슬슬 관숙 비행은 그만해도 되겠지.

바람을 일으켜 가속해서 타르트를 앞지르고 따라오라고 사인을 보냈다.

조금 전까지와는 비교도 안 되는 속도였다.

이제부터 응용편이다.

지금의 타르트라면 이 속도로도 충분히 날 수 있을 것이다.

◇

두 행글라이더가 나란히 저택의 정원에 착지했다.

"음~ 역시 하늘 여행은 기분 좋았어! 버릇이 될 것 같아."

"저는 조금 지쳤어요. 하지만 즐거웠어요."

"……행글라이더. 믿을 수가 없어요. 이 속도, 적의 머리 위로 갈 수 있다는 이점. 용도가 얼마든지 생각나요. 무선도 그렇고, 행글라이더도 그렇고, 눈앞에 있는 보물을 쓰지 못하는 건 분하네요."

중얼거리는 네반을 못 본 척하고서 굳은 몸을 유연하게 풀고 저택에 발을 들였다.

그러자 수선스러운 발소리가 들렸다.

"아아, 루그. 어서 와요! 줄곧 기다렸어요. 루그가 안 돌아와서 축하 파티를 못 열었어요."

"다녀왔습니다."

나타난 사람은 어머니였다.

실제 나이는 마흔에 가깝지만 10대 후반이라고 해도 통할 만큼 젊어 보였다.

내게 안긴 어머니는 그대로 뒤에 있는 디아 일행을 보고 눈을 크게 떴다.

"어머, 루그의 신부가 한 명 늘었네요."

"디아랑 타르트는 신부가 아니고, 네반이랑은 그런 관계 아니야."

"그런가요?"

내게서 몸을 떼고 고개를 갸웃하는 어머니 앞으로 네반이 나왔다.

"처음 뵙겠습니다. 저는 네반 로마룽그. 언젠가 루그 님을 남편으로 맞이할 예정이에요. 잘 부탁드립니다, 어머님."

우아하게 귀족식으로 인사했다. 넌더리가 날 만큼 그럴싸했다.

그리고 그 폭탄 발언에 디아와 타르트가 경직되었다.

어머니는 드물게도 진지한 표정을 지었다.

"로마룽그인가요. 그 로마룽그?"

"네, 그 로마룽그입니다."

어머니는 다과회나 파티를 피하기는 해도 남작가의 부인이다.

애초에 투아하데와 로마룽그는 떼려야 뗄 수 없는 관계였다.

로마룽그의 이름도, 그 성질도, 이면도 알고 있었다.

"어머나, 루그도 큰일이네요. 너무 인기가 많은 것도 생각해 볼 일이에요. 하지만 데릴사위라니 엄마는 인정 못 해요. 나가면 안 돼요. 없어지면 울어 버릴 거예요."

"데릴사위를 논하기 이전에 애당초 네반과 혼인할 생각이 없는데."

지적했으나 어머니에게도 네반에게도 전해지지 않은 것 같았다. 기분 탓일까?

"떨어져 사는 게 쓸쓸하시다면 에스리 님도 부디 함께 와 주세요. 최고의 대우를 약속드리겠어요."

"후후후, 그럴 순 없어요. 저는 투아하데의 여자니까요."

어머니와 네반이 마주 웃었다.

……이대로 두면 안 된다고 본능이 경종을 울렸다.

"아무튼 네반을 손님으로 초대하겠어. 그리고 뭔가 축하할 게 있다고 했는데, 대체 뭘 축하하는 거야?"

가장 좋은 방법은 다른 화제로 돌리는 것이다.

근본적인 해결이 되지는 않아도 대책을 세울 시간을 벌 수 있다.

"아아, 그게 말이죠. 루그가 오빠가 됐어요!"

"……즉, 동생이 생긴 건가."

"네! 왠지 딸일 것 같아요. 제 감은 잘 맞아요. 루그도 이름을 생각해 주세요."

"아, 응, 생각해 둘게."

"후후, 그렇게 불안해하지 않아도 「괜찮아요」."

갑작스러운 일에 동요했다.

뭐랄까, 기뻐해도 되는 건지, 걱정해야 하는 건지, 여러 가지로.

"타르트랑 디아에게 아이가 생기면 같이 키워 줄게요. 루그의 동생과 루그의 아이가 형제처럼 자란다니, 조금 신기하네요."

"그거 좋다. 첫 육아는 불안하니까."

"저, 저기, 그게, 저는 형제가 많았으니까 도와드릴 수 있어요!"

어머니의 농담을 디아와 타르트가 전력으로 받아 줬고, 심지어 점점 구체적인 이야기가 되어서 머리를 싸맸다.

그리고 어머니는 내가 데릴사위로 들어가는 게 정말로 싫은지 네반의 이름을 꺼내지 않았다.

그 탓에 네반이 뺨을 부풀리고 있었다. ……저건 연기군. 일부러 저렇게 존재감을 어필하며 놀고 있는 것이다.

"엄마, 지금은 아이를 가질 생각이 없어."

이 세계에서 귀족은 내 나이에 아이를 가지는 것이 일반적이긴 했다. 하지만 적어도 용사 문제를 해결하기 전까지는 전력을 줄일 수 없고, 아직 연인으로서의 시간을 즐기고 싶었다.

"아쉽네요. 어쨌든 들어오세요. 피곤할 테고, 오늘은 소화가 잘 되는 음식을 만들게요. 하지만 내일은 기념으로 진수성찬을 차릴 거니까 기대하세요. 루그랑 타르트는 도와주세요."

"알았어. 나는 사냥으로 공헌할게. 오랜만에 알반 토끼도 먹고 싶고."

"저는 재료 준비를 도울게요."

돌아오자마자 깜짝 놀랐지만, 그리운 고향에 돌아왔다.

잠깐 쉬면서 새로운 가족의 탄생을 축하하기로 할까.

그러려면 우선 맛있는 재료를 확보해야 한다.

숲에 나가서 사냥을 하자.

귀가 후 바로 사냥에 나섰다.

영민의 사냥터를 어지럽히지 않도록 깊은 산속에서 사냥한다.

"나한테 동생인가……. 가족이 늘어나는 건 나쁘지 않아."

처음에는 놀랐지만 지금은 기대가 되었다.

동시에 죽을 수 없게 되었다.

내가 투아하데인 한, 동생은 평범한 귀족으로 살 수 있을 것이다.

반대로 말하자면 내가 죽을 시 다음 투아하데…… 즉, 알반 왕국의 칼이 될 수밖에 없다.

그건 피하고 싶다. 동생은 평범한 인생을 살았으면 한다.

그렇게 생각하며 사냥을 했다.

사냥하면서 개량판 바람 속성 탐색 마법을 시험하고 있었다.

"찾았다. 신형 탐색 마법은 쓸 만한데. 올해는 숲이 풍부하고 비옥해. 알반 토끼…… 디아가 좋아하겠어."

바람에 의식을 녹여서 지각 범위를 넓히는

탐색 마법은 매우 유용하여 즐겨 쓰는 마법이었다.

그 마법을 개량한 게 이거였다.

종래 쓰던 마법은 자신을 중심으로 원을 넓히는 이미지였다.

그래서 효과 범위를 넓힐수록 부담은 지수 함수적으로 커졌다.

원을 떠올려 보면 알 수 있다.

탐색 범위를 1m 넓힌다고 가정하자. 반경 1m인 원이라면 면적은 대략 3㎡, 반경 2m가 되면 12㎡다. 이 경우에는 9㎡만 넓어진다.

하지만 반경 100m의 탐색 범위를 반경 101m로 넓히려면 631㎡이나 탐색 면적이 늘어나 버린다. 그래서 탐색 범위에는 한계가 있었다.

그렇기에 개량판은 방식을 바꿨다.

원 전체를 탐색하는 것이 아니라, 먼저 전방에 수십 센티미터 폭의 직사각형을 뻗는다. 그것만으로는 전방만 볼 수 있다. 그러니 그 직사각형을 자신을 중심으로 회전시켜서 전방위를 본다.

그러면 종래 방식의 수십 분의 1의 비용으로 같은 범위를 볼 수 있고, 효과 범위를 넓힐 때 지수 함수적으로 부담이 증가하지도 않는다.

현대 병기의 레이더와 같은 방식으로 지극히 효율적이었다.

'약점은 있지만.'

직사각형을 회전시킨다는 성질상, 종래 방식과 달리 늘 탐색 범위를 보고 있는 것은 아니었다.

한 바퀴 돌리는 데 걸리는 시간은 약 0.1초. 0.1초 미만이긴 해도 놓치는 부분이 생긴다.

평소에는 문제없지만, 높은 기동력으로 접근전을 벌일 때는 치명적이다.

그러니 상황에 맞춰서 쓴다.

0.1초가 치명적인 상황에서는 종래의 탐색 마법을 쓰고, 그 외에는 신형을 쓰는 것이다.

'그럼 사냥할까.'

이공간에 물질을 저장할 수 있는 【두루미 혁낭】에서 크로스 보우를 꺼냈다.

총이 사정거리도 길고 위력도 더 높다. 하지만 총은 위력이 너무 세서 고기가 상한다. 조금이라도 좋은 고기를 손에 넣고 싶다면 크로스 보우가 나았다.

크로스 보우에 장전되어 있던 화살을 빼고 새 화살을 장전했다.

크로스 보우는 여러모로 편리해서 준비해 뒀다. 소리가 없기에 상황에 따라서는 총보다도 암살에 쓰기 쉬웠다.

겨냥하고 화살을 쐈다.

나무들 사이로 날아간 화살은 겨냥한 대로 알반 토끼의 머리를 꿰뚫었다. 즉사다.

"먼저 토끼 한 마리."

알반 토끼는 대형견만큼 커서 배불리 먹을 수 있다.

하지만 다들 잘 먹으니 한 마리 정도는 더 잡고 싶다.

◇

사냥을 마치고 산에서 내려갔다.

오늘의 성과는 알반 토끼 두 마리와 멧돼지 한 마리였다. 거기에 바구니 가득 버섯과 산나물을 모았다.

'【두루미 혁낭】에 고마워해야겠어.'

이 많은 짐을 짊어지고서 산을 내려가는 건 귀찮다.

해체를 끝내면 영민들에게 나눠 주자.

이 정도 양은 우리끼리 다 못 먹는다.

어느새 가을이었다.

슬슬 월동을 준비해야 할 시기다. 영민에게도 도움이 될 것이다.

◇

해체를 끝내고 마을 유지에게 여분의 멧돼지 고기와 토끼 모피를 건네며 모두에게 나눠 주라고 했다.

멧돼지 고기는 얻기 어렵고, 소금에 절이면 월동에 도움이 된다. 알반 토끼의 모피도 도시에 가면 비싸게 팔 수 있어서 기뻐했다.

답례로 싱싱한 채소를 받았다. 이것도 내일 진수성찬에 쓰기로 하자.

그리고 주방으로 이동했다.

진수성찬은 내일 만들 거지만 준비가 필요한 것도 있었다.

예를 들어 멧돼지 고기는 누린내가 심해서 향신료에 버무려 하룻밤 재우는 편이 좋았다.

이런 사전 준비를 통해 요리는 한층 맛있어진다.

선객이 있었기에 말을 걸었다.

"다녀왔습니다. 엄마도 타르트도 기합이 들어가 있네. 디아도 있는 건 조금 의외야."

"의외라니 서운해. 나도 요리를 배우고 싶다고 생각하고 있어."

디아가 뺨을 부풀렸다.

먹는 쪽 전문이라고 생각했는데, 웬일로 디아도 돕고 있었다.

다만 현재로서는 전력이 되고 있다고 말하기 어려웠다.

디아에 이어 어머니와 타르트도 나를 보았다.

"아, 어서 와요. 역시 루그예요. 이 짧은 시간에 먹음직스러운 것들을 이렇게나 잡아 오다니."

"알반 토끼랑 멧돼지. 둘 다 맛있어 보여요."

"어? 그 고기, 알반 토끼야?! 스튜 만들어 먹자! 그리고 그라탱! 예전에 루그가 만든 거 먹은 뒤로 제일 좋아하는 요리가 됐어."

"안 그래도 알반 토끼로는 스튜와 그라탱을 만들 생각이야. 멧돼지는 타타키[#1]로 만들까 해."

애초에 알반 토끼를 잡은 것은 디아가 좋아하는 크림 스튜와 그라탱을 만들어 주기 위해서였다.

그리고 멧돼지를 타타키로 만드는 것은 새로운 마법 실험을 겸한

#1 타타키 고기 겉면만 살짝 굽는 요리.

것이었다.

“루그, 타타키가 뭔가요? 모르는 조리법이에요.”

“그건 내일까지 비밀이야. ……엄마가 준비하고 있는 건 루난송어 겨절임인가.”

“맞아요. 루그도 키안도 좋아하니까요.”

두 사람이 만들고 있는 것은 생선 요리였다.

투아하데에는 큰 호수가 있어서 생선 요리를 먹는 일이 많았고, 송어의 일종인 루난송어는 내게 고향의 맛이었다.

투아하데에서는 예부터 자연의 혜택을 계속 누릴 수 있도록 어획을 제한하여 산란기에는 고기잡이를 금지했다.

그래서 고기를 잡을 수 없는 시기에 먹을 것을 확보하기 위한 생선 보존 기술이 발달했다.

처음에는 오로지 보존만을 생각한 것 같지만, 조부 대쯤에는 투아하데도 풍족해져서 맛있게 만드는 것을 궁리하기 시작했다.

투아하데에서 만드는 말린 루난송어는 합리적인 수법으로 수고를 들여서 흔한 건어물과는 일선을 그었다.

어디 내놓아도 부끄럽지 않은 물건이라 내다 판다면 상업 도시 무르테우에서도 틀림없이 인기 상품이 될 것이다.

그리고 두 사람이 만들고 있는 것은 루난송어 겨절임. 밀기울에 생선을 절이는 투아하데의 독자적인 향토 요리였다.

이렇게 만들면 장기간 보존할 수 있는 데다가 맛도 깊어진다. 밀기울에 절인 루난송어를 찌면 절품이라 특별한 날에 먹었다.

생선을 밀기울에 절인다고 하면 이상하게 여겨지겠지만, 예전에 살던 세계에서도 고기나 생선을 겨에 절여 먹는 것은 그다지 드문 방식이 아니었다. 원리는 누룩소금 절임과 별반 다르지 않았다.

"호오, 아주 좋은 루난송어네. 크기도 크고 기름져."

특상품이다. 이 정도 루난송어는 흔치 않다.

"한스 씨가 축하 선물로 줬어요. 이렇게 좋은 생선은 하룻밤 절여서 찌는 게 제일이에요! 지금 둘이서 준비하고 있어요."

"응, 절품이겠지. 다만…… 밀기울 절임을 찐 건 다른 지역 사람에게는 비교적 평판이 안 좋아. 네반이랑 디아도 있으니까 볶는 게 낫지 않을까?"

밀기울에 절이면 풍미가 좋아져서 맛은 나무랄 데 없다.

다만 발효 식품의 숙명으로 독특한 냄새가 나서 못 먹겠다는 사람이 많았다. 투아하데 사람 중에도 못 먹는 사람은 있었다. 찜 요리는 냄새를 속일 수가 없다.

겨의 존재 자체를 모를 디아와 네반은 십중팔구 거부 반응을 보일 것이다.

그런 점을 고려하면 향신료를 대량으로 넣어서 볶는 편이 나았다. ……이렇게나 훌륭한 루난송어를 향신료에 볶아 먹는 건 아깝긴 하지만.

"후후후, 안 돼요. 무조건 생선찜으로 만들 거예요. 이 맛을 모른다면 투아하데의 여자가 될 수 없어요! 애초에 루그와 키안이 제일 좋아하는 요리를 다른 요리로 바꾼다니 떼끼예요!"

척! 하고 효과음이 붙을 듯한 기세로 밀기울에 절여지고 있는 루난송어를 가리켰다.

일리 있지만, 완충 단계를 둬서 익숙해지게 하는 편이 좋다는 생각도 들었다.

그렇다면…….

"엄마, 생선찜은 나한테 맡겨 줄래?"

"……뭔가 꿍꿍이가 있는 거죠?"

"꿍꿍이 같은 거 없어. 생선을 아주 맛있게 찌는 방법을 무르테우에서 배워서 엄마한테도 대접하고 싶어. 생선의 풍미를 완전히 가두고 촉촉해서, 이제껏 먹었던 생선찜은 뭐였나 싶을걸? 그걸 이 루난송어로 만든다면 엄청나게 맛있을 거야."

"읏, 그렇게 말하니까 흥미가 생겼어요. 꿀꺽. 하지만 약속이에요. 반드시 생선찜으로 만들어 주세요."

"그래, 맡겨 줘."

나는 미소 지었다.

사실 무르테우에서 배웠다는 것은 거짓말이고, 실제로는 전생에 습득한 기술이었다.

내가 아는 바로는 최고의 찜이다.

그거라면 어머니도 기뻐할 테고, 디아와 네안도 맛있게 먹을 수 있을 것이다.

원래는 요리사로 신분을 위장하여 암살 대상에게 접근하기 위해 익힌 기능이었다.

꿀
꺽...

그것을 이렇게 어머니와 애인, 친구를 위해 발휘하게 되다니 신기한 일이다.

첫 번째 인생은 도구로서 살았다.

하지만 그 인생은 무의미하지 않았다고 당당히 말할 수 있다.

첫 번째 인생이 있었기에 다양한 기능을 익혀서 소중한 사람들을 웃게 할 수 있으니까.

Episode2

제2화 암살자는 최고의 요리를 만든다

The world's best assassin, to reincarnate in a different world aristocrat

이튿날 저녁, 주방에 와 있었다.

새로운 가족이 생긴 것을 축하하는 진수성찬을 만든다.

"루그 님, 스튜 맛을 봐 주세요."

"소금을 조금 더 넣어 줘."

"네!"

스튜와 샐러드는 타르트에게 맡기고 나는 멧돼지와 루난송어를 처리하자.

멧돼지는 어제 누린내를 없애는 향신료와 고기를 연하게 하는 효소가 든 과즙에 절여 뒀고 낮부터 특수한 조리를 하고 있었다.

사용하는 부위는 비계가 적은 등심. 힘줄을 철저히 제거했다.

임부가 먹을 음식이라서 위생은 매우 신경 썼다.

고기를 깨끗이 씻고 바람 마법으로 고압 살균, 화염 마법을 이용한 냉동으로 기생충에 대처했다. 화염 마법이란 열량 조작 마법인데, 응용하면 얼릴 수도 있었다. 그리고 어제 타타키로 만든다고 했지만 생고기를 먹일 생각은 없었다.

새로운 조리 기구를 시험한다.

타르트가 흥미진진한 모습으로 들여다보았다.

“신기한 냄비네요.”

“저온조리기라고 해. 꽤 편리하지.”

내가 살던 시대의 최첨단 조리 기구.

고기를 가열할 때, 맛을 배가하면서 고기가 질겨지지 않는 이상적인 온도는 60℃ 부근이라고 요리학적으로 증명되었다.

60℃ 부근의 저온으로 장기간 가열하면 맛있으면서 연하기까지 한 고기를 만들 수 있다.

다만 엄청난 끈기와 시간이 필요한 조리법이기도 했다.

이번에는 멧돼지 타타키를 만들기 위해 60℃를 유지하면서 다섯 시간이나 가열해야 했다.

‘냄비 앞에 다섯 시간이나 붙어 있을 수는 없으니…… 편법을 썼지.’

그게 바로 이 저온조리기였다.

【신기】를 해석하여 쓸 수 있게 된 기술을 이용했다. 물질에 술식을 새기고 팔석을 동력으로 삼아 자동으로 술식을 계속 발동시키는 냄비를 만들었다.

그리고 이 조리는 마도구를 오랫동안 연속으로 쓸 수 있는지 확인하는 내구 테스트이기도 했다.

저온조리기에 부어 둔 물속에서 진공 포장된 멧돼지 고기를 꺼냈다.

진공 팩에는 고기와 함께 조미액과 향신료가 들어 있었다.

다섯 시간이나 함께 가열한 만큼 맛이 잘 배어 있었다.

"좋아, 완벽해. ……마도구를 장시간 사용해도 정확도에 악영향을 주지 않는다는 걸 알았어. 마저 완성하기로 할까."

예전에 취미로 만든 화로를 꺼냈다.

숯에 불이 붙어 있고 석쇠도 가열되어 있었다.

멧돼지 고기는 막대 모양으로 잘라서 석쇠에 굴리듯 표면을 구웠다.

이미 안까지 충분히 익었기 때문에 어디까지나 불 향을 입히기 위한 작업이었다.

그렇게 구운 고기를 두툼하게 잘랐다. 저온으로 조리한 고기의 특징은 연하다는 것이다. 게다가 과일 효소에 하룻밤 재웠다. 그래서 두툼하게 잘라도 쉬이 씹힌다.

"우와~ 예쁜 연분홍색이에요. 맛있을 것 같아요."

"맛있어. 한 점 먹어 봐."

중심이 분홍빛이 된 부분이 로스트비프에서 가장 맛있다.

내가 만든 멧돼지 타타키는 살짝 구운 겉면 외에 전부 그 상태가 되어 있었다.

이게 저온조리기의 위력이었다.

"달고 연해서 정말 맛있어요. 이게 바로 멧돼지 타타키군요."

"그래. 시간이 오래 걸려서 자주 만들 순 없지만 고생한 보람이 있는 맛이야. 마무리를 부탁해."

"네!"

자른 고기를 샐러드 위에 늘어놓고 마지막으로 특제 폰즈를 뿌렸다. 타타키에는 담백한 폰즈가 잘 어울린다.

그리고 드디어 오늘의 메인 요리에 착수했다.

"역시 처음 먹는 사람에게 이 냄새는 독해."

밀기울에서 루난송어를 꺼냈다.

밀기울 냄새와 약간의 발효향이 났다.

……익숙해지면 신경 쓰이지 않지만, 역시 처음 먹는 사람에게는 독할 것이다.

루난송어를 잘 씻어서 밀기울을 없애고, 칼집을 낸 뒤 소금을 치고, 허브와 함께 젖은 종이로 싸서 찜기에 넣었다.

"찌기 전에 종이로 감싸는 것에 무슨 의미가 있는 건가요?"

"종이로 감싸면 생선의 진액이 빠져나가지 않아서 촉촉하게 완성되고, 냄새 잡는 용으로 쓴 허브향이 잘 배어. 게다가 골고루 익으니 좋은 점밖에 없어."

"그럼 밀기울 냄새가 잡히겠네요."

"아직은 아니야. 지금부터가 중요해."

종이를 이용하여 생선을 찌는 것은 호쇼야키라고 불리는 일본의 기법이다.

하지만 이건 준비 작업이다.

오늘의 생선찜은 중화풍으로 만든다.

일부러 생선이 완전히 익기 전에 찜기에서 꺼내 다른 접시로 옮겼다.

그 위에 잘게 썬 파를 듬뿍 올리고 달군 향유를 뿌렸다.

파삭파삭 소리와 함께 파가 구워지며 향긋한 냄새가 감돌았다.

그 냄새와 루난송어 겨절임에 맞춰 조합한 향유가 섞이며 밀기울 냄새는 날아가 버렸다.

찜기에서 완전히 익히지 않은 것은 마지막에 기름으로 익히기 때문이었다.

이 조리법을 칭쩡(清蒸)이라고 한다.

중국의 조리법. 생선을 더 맛있게 먹는 방법 중 하나다.

마지막으로 양념장을 붓고 고수(샹차이)를 뿌리면 완성이다.

“파 냄새가 정말 좋아요! 배고파졌어요.”

“향을 즐기는 요리지만 맛도 좋아. 기름을 부어서 껍질은 바삭하고 표면이 포슬포슬하지만 안은 촉촉해.”

“우와~ 얼른 먹고 싶어요. 이것도 조금 먹어 봐도 되나요?”

“안 돼. 생선 한 마리를 통째로 찐 비주얼이 중요하니까.”

“아쉬워요.”

강렬한 고수향, 튀김과 찜의 장점을 살린 방식.

그게 바로 칭쩡의 매력이다.

이로써 오늘의 요리는 다 만들었다.

……그라탱을 만들어 주겠다고 약속했지만, 역시 여기다 그라탱까지 더하면 너무 많다.

그라탱은 내일 남은 스튜를 이용해서 만들기로 하자.

◇

그리고 드디어 식사 시간이 되었다.

식탁에는 부모님과 타르트, 디아, 네반이 있었다.

"저기, 정말 저도 동석해도 되나요?"

"오늘은 특별한 날이에요. 경사스러운 자리니까요! 애초에 타르트는 이미 공인된 애인이니까 특별 취급해도 아무도 뭐라고 안 해요. 앞으로는 꼭 동석해 주세요."

늘 하녀로서 뒤에 서 있는 타르트가 자리에 앉아 몸을 움츠리고 있었다.

"저기, 어느새 공인된 건가요?"

"오히려 그렇게나 대담하게 굴었으면서 숨길 작정이었다는 게 놀라운데요."

타르트가 빨개졌다.

타르트는 부끄럼쟁이면서 빈틈이 많았다.

"엄마, 타르트를 놀리는 건 나중에 해. 요리가 식겠어."

"그러네요. 그럼 먹을까요!"

식전 기도를 하고 투아하데의 토주로 건배했다.

""""회임 축하합니다.""""

축하를 신호로 식사가 시작됐다.

"우우, 루그 거짓말쟁이. 그라탱이 없어!"

"요리가 너무 많은 것 같아서. 그라탱은 내일 만들어 줄게."

예상대로 디아가 뺨을 부풀렸다.

하지만 멧돼지 타타키를 먹고 바로 기분이 풀렸다.

"맛있다. 이렇게 달고 연한 고기는 처음일지도 몰라."

디아를 보고서 네반도 고기를 집었다.

"저도 먹을게요. 어머, 정말 맛있어요. 왕도의 소보다 연해요. 이거, 정말로 멧돼지인가요?"

왕도의 소는 오로지 먹기 위해서 사육하는 초고급품이다.

일반적인 소는 노동용으로 쓰다가 못 쓰게 되면 고기로 만들기에 질기고 누린내가 심하다.

하지만 왕도의 소는 편하게 지내서 쓸데없는 근육이 붙지 않고, 고기를 맛있게 만들기 위해 고안된 사료를 먹는다.

"조리법에 따라 고기는 얼마든지 달라져. 멧돼지 고기도 수고를 들이면 맛있어지지."

적절한 부위를 고르고 철저히 수고를 들이면 웃돌 수 있다.

……맛있는 고기를 사용하여 철저히 수고를 들이는 것은 이길 수 없지만.

왕도의 소는 한번 입수해 보고 싶다. 마하에게 부탁하면 준비해 주겠지만, 내 오락을 위해 마하의 일을 늘리고 싶지는 않았다.

"어떤 수고를 들였는지 자세히 알고 싶네요. 안 될까요?"

"조리법 정도라면 가르쳐 줄 수 있고, 입막음도 안 해. 나중에 레시피를 써 줄게."

저온조리기는 신기를 해석해서 얻은 기술을 이용했기에 보급할 수 없지만 저온조리법이라면 문제없었다. ……로마룽그의 재력이라면 저온조리 전임 요리사를 고용하여 인력으로 여유롭게 충당할 수 있겠지.

"그라탱이 없는 건 아쉽지만, 역시 루그의 스튜는 맛있어."

"루그가 만든 크림 스튜는 투아하데의 명물이라 다른 영지에서 먹으러 오는 사람도 있어요."

멧돼지 타타키와 크림 스튜는 호평이었다.

문제는 생선찜이다.

투아하데의 명물, 루난송어 겨절임을 이용한 생선찜이었다.

"후후후, 네반. 생선에는 손을 안 대네요. 이 맛을 모르는 아이는 투아하데에 시집올 수 없어요."

어머니가 못된 표정을 지었다.

나를 로마룽그에 들이려고 하는 네반을 어제부터 줄곧 경계하고 있었다.

"네, 물론 먹을 거예요."

"그거, 나한테도 불똥이 튀고 있는데?! 겨에 절인 생선이라니 믿을 수가 없어."

타르트와 마찬가지로 어머니에게 공인받은 디아가 오히려 네반보다 겁을 내고 있었다.

"냄새가 고약하다고 들었는데 굉장히 향이 좋네요. 식욕을 돋우는 향이에요."

"어? 이게 그거야? 냄새나는 생선은 나중에 나오는 줄 알았어."

"어라? 그러고 보니 굉장히 향이 좋아요. ……루그, 혹시 겨에 절인 거 말고 평범한 루난송어를 쓴 건가요! 꼼수는 떼끼예요."

"아냐, 확실하게 겨에 절인 루난송어를 썼어. 먹어 보면 알 거야."

냄새는 독하지만 날것보다 훨씬 풍부한 맛이 나는 게 겨절임의 특징이니 먹어 보면 단박에 알 수 있다. 날것에 아무리 공을 들여도 그 맛은 낼 수 없다.

세 사람이 일제히 먹었다.

"맛있어요! 틀림없이 세계 제일의 생선찜이에요."

"응, 굉장해. 이렇게 향이 좋은 생선은 처음이야. 그리고 생선 자체가 되게 맛있어."

"……확실히 이 맛은 겨에 절인 루난송어예요. 아주 맛있어요. 시험이 무용지물이 됐지만, 루그가 절 위해 이렇게 멋진 요리를 만들어 주다니 감격이에요. 배 속의 아이도 기뻐하는 것 같아요."

나도 먹어 봤다.

노린 대로 껍질은 바삭바삭, 표면은 포슬포슬, 안은 촉촉했다. 간도 완벽했다.

이렇게 맛있는 생선찜은 왕도에서도 먹을 수 없을 것이다.

뒤이어 먹은 타르트도 절찬했다.

다만 딱 한 명, 고개를 갸웃하고 있는 사람이 있었다.

"아버지 입에는 안 맞나요?"

"아니, 맛있긴 한데…… 나는 밀기울 냄새를 좋아해서 좀 부족한 느낌이 드는구나."

그건 생각을 못 했다.

요리는 심오하다.

밀기울 냄새는 방해된다고 생각했는데 그걸 좋아하는 사람이 있을 줄이야.

이번 식사의 주역은 어머니뿐만이 아니었다. 아버지도 주역이었다.

……이 실패는 다음에 살리자.

◇

그 후 디저트로 과일타르트를 대접했다.

제철 과일을 듬뿍 쓴 디저트였다.

"후우, 맛있었어요. 루그의 요리는 세계 제일이에요!"

"세계 제일은 지나친 말 아닐까. 자기 자식이라 대단해 보이는 거지."

"아니요, 아버님. 온 세상의 미식을 맛보는 제가 보증하겠어요. 루그 님은 그저 강하기만 하신 게 아니군요. 더더욱 갖고 싶어졌어요."

등골이 오싹해졌다.

아버지는 쓴웃음을 지으며 눈으로 내게 성원을 보냈다.

"루그는 아주 잘난 아들이야. 걱정거리라고는 너무 잘났다는 점 정도지. ……이 정도면 나라가 내버려 두지 않아. 최소한 이 저택에 있는 동안에는 편히 쉬어라."

"그럴 수는 없어요. 이렇게 시간이 빌 때 준비해 둬야 해요. 이대로 있다가는 언젠가 패배해서 죽어요."

그렇기에 오늘 요리를 만들면서 마도구의 내구성을 시험했고, 사냥하면서 신형 탐색 마법을 시험했다.

"저기, 루그 님. 벌써 세 마리나 마족을 쓰러뜨렸고, 남은 다섯 마리도 금방 해치울 수 있을 것 같은데요."

"그렇진 않아. 앞으로 확실하게 어려워질 거야."

단언했다.

앞으로 고전하리란 것은 불안이 아니라 확신이었다.

"어머, 이유를 여쭤봐도 될까요?"

네반이 흥미를 보였다. 몰라서 묻는 것이 아니라 자신의 생각과 맞는지 확인하려는 거겠지.

"마족에게는 지성이 있어. 지금까지 싸운 마족은 마족 간의 경쟁 때문에 협조하지 않고 단독으로 움직였어. 그리고 경쟁이기에 졸속으로 공격해 왔지. 하지만 오크 마족, 장수풍뎅이 마족, 사자 마족까지 잇달아 세 마리나 죽었어. ……어지간한 바보가 아닌 한, 대책을 생각해."

상대가 게임의 말이라면 앞으로도 우직하게 단독으로 행동하며 얕은 술책을 부릴 것이다.

하지만 마족은 바보가 아니다. 여태껏 쓴 방식이 통용되지 않는다면 수법을 바꾼다.

"예를 들어 어떤 대책일까요?"

"단순하게는 둘 이상의 마족이 함께 공격해 오는 거겠지. 얼마 전에 싸운 그 마족이 두 마리 있다면 이길 수 있을까?"

"……자신이 없다고 할까, 거의 무리야."

"맞아. 지금 우리는 꼼꼼히 준비하고서야 겨우 단독으로 움직이는 마족을 이길 수 있는 상황이야. ……사실 여럿이서 공격해 오는 건 한참 전부터 불안하게 여겼어. 그렇기에 적을 날리는 신창【궁니르】를 준비한 거야."

그건 원래 두 마리 이상의 마족이 나타났을 때 적을 분단시키기 위해 준비한 것이었다.

"다른 우려도 있어. 우리가 싸우지 못하는 상황을 만드는 거야. 예를 들어 마물 무리가 투아하데를 습격했다고 하자. 그 상황에서 마족이 나타난다면 나는 고향을 버리면서까지 그곳에 가지 못할 거야. 마물 무리를 정리하고 나면 녀석들은 목적을 달성하고 사라진 상태겠지. 좀 더 단순하게는 우리가 열심히 달려가도 마족이 일을 끝낸 뒤에나 도달할 수 있는 곳에서 날뛸 수도 있어."

행글라이더를 사용하면 초고속으로 이동할 수 있다.

하지만 마족이 출현했다고 우리에게 알리는 사람은 우리만큼 빠르게 움직이지 못한다.

이번처럼 매번 미나가 정보를 주리라는 보장은 없었다.

"의외로 구멍투성이네요."

"그래. 그러니까 방심할 수 없고 더 정진해야 해."

강해지는 노력은 늘 하고 있다.

정보망도 강화하고 있었다. 마하와 협력해서 오르나가 깐 정보망의 거점끼리 연결하는 고속 통신망을 구축 중이었다.

종래에 가장 빠른 통신은 전서구였다. 그것을 능가하는 속도와 신뢰성을 가진 통신이 가능해진다.

통신=편지 운반인 이 시대에 실시간 통신은 폭력적일 만큼 강력하다.

마족 대책이 될 뿐만 아니라 후에 장사에도 활용할 수 있을 것이다.

"역시 루그 님은 대단해요!"

"나를 칭찬해 주는 건 좋은데, 타르트도 더 강해져야 해."

"네! 루그 님을 위해서라면 어떤 특훈이라도 받겠어요!"

"물론 나도 힘낼게. 더 많은 마법을 만들 거야."

"그렇다면 저는 돈과 권력으로 공헌하겠어요."

나는 미소 지었다.

나 혼자서는 할 수 없는 일도 이 아이들과 함께라면 가능할 것이다.

그러고 보니 슬슬 그게 도착할 무렵이다.

이쪽에서도 준비해 둬야겠다.

푹 쉬고 상쾌한 아침을 맞이했다.

샤워한 뒤 주방에서 바구니를 회수했다.

어제 만들어 둔 도시락이 들어 있었다.

오늘은 아침부터 외출할 예정이라 도시락이 필요했다.

밖에 나가자 이미 모두가 움직이기 편한 차림으로 기다리고 있었다.

"소풍이라니 기대돼요."

"오늘은 하늘을 나는 거지?"

"그 밖에도 재미있는 게 있다고 하셔서 신경 쓰여요."

오늘의 목적은 두 가지였다.

첫째, 투아하데로 돌아오면서 디아와 네반에게 행글라이더를 조종할 기회를 주겠다고 약속한 것을 이루는 것.

뒷산에 높직한 언덕이 있어서 거기서 날면 기분 좋게 활공할 수 있다.

그리고 두 번째 목적은 어떤 실험을 하는 것이었다.

개량 마법이나 마도구 같은 자잘한 것이 아

니라 세계를 바꿔 버릴지도 모르는 물건을 시험한다.

"시간 없으니 빨리 가자. 오늘은 좋은 바람이 불고 있어."

이 풍향과 세기는 날기에 최적이다.

오늘은 기분 좋게 날 수 있을 것이다.

◇

마법으로 행글라이더를 만들고 조종 방법을 설명했다.

"자, 날아."

"뭐?! 방법만 알려 주고 날라니 너무한 거 아니야?!"

"백문이 불여일견이라고 하죠. 방법은 단순한 것 같으니 문제없어요."

"내가 지상에서 지시할 테니까 걱정하지 마."

상당히 대충이지만 이게 가장 빠르다.

내가 이럴 수 있는 것도 상대가 이 두 사람이기 때문이었다.

평범한 인간은 추락하면 크게 다치고 죽을 수도 있다.

하지만 마력으로 신체 능력을 강화할 수 있는 두 사람이라면 트러블에도 대응할 수 있고, 다치더라도 내가 고칠 수 있는 범위이리라.

그러니 스파르타 방식으로 간다.

"무선 통신기는 확실하게 착용해 둬."

"으, 응. 생명줄이니까."

"……역시 이 기술은 가져가서 보급하고 싶어요."

두 사람이 무선 통신기를 착용했다.

이게 있으면 지상에서 조언할 수 있다.

"그런데 제가 기억하기로 이 통신기의 유효 범위는 100m 정도였을 텐데요."

"휴대용 쌍방향 통신기라면 그렇지. 이 산은 내 실험장이야. 무선 통신기의 프로토타입이 있어."

그렇게 말하며 그것을 지면에서 꺼냈다.

내 키만 한 직사각형의 대형 강철 마도구였다.

"이 크기라면 소리 신호를 증폭해서 전달할 수 있어. 휴대판의 20배, 2km는 전달돼."

어디까지나 신호를 증폭해서 전달할 뿐이기에 100m를 넘어가면 휴대용 통신기에서 보내는 신호는 전달되지 않는다.

100m까지는 쌍방향 통신이고 그 이후는 단방향 통신이 되는 것이다.

하지만 조언을 전달할 수 있는 것만으로도 고마웠다.

"그렇게 멀리까지 전달되는군요! 전쟁에서 쓴다면 무적이네요. 이게 있으면 순식간에 온갖 정보를 군대 전체에 전달할 수 있어요. 병사 만 명보다 훨씬 가치가 있어요!"

천 명, 만 명의 의사를 완벽하게 통일시킬 수 있다.

군대의 전투력을 몇십 배로 키울 것이다.

"그러니까 말했잖아. 나는 전쟁을 위해 이걸 만든 게 아니야. 우리나라의 귀족들이 이걸 알면 의기양양하게 타국에 쳐들어가겠지."

알반 왕국의 귀족 중에는 야심가가 많다.

혈기 왕성한 무리가 더 큰 힘을 손에 넣는다면 침략에 나서는 것은 필연이다.

"그게 나쁜가요? 알반 왕국이 더 번영할 텐데요."

"그런 건 내 취향이 아니야. 나라를 번영시킬 거면 빼앗기보다 지금 있는 것을 발전시키고 싶어."

평화주의자는 아니지만, 쓸데없이 피나 눈물을 만들어 낼 생각도 없고 흘리게 할 생각도 없었다.

나는 투아하데의 영지가 있다면 그걸로 좋다.

다른 사람의 욕심 때문에 살인을 거드는 건 사양이다.

"야심이 없는 건 루그 님의 유일한 결점일지도 모르겠어요."

"나는 그걸 결점이라고 생각 안 해. 그보다 이 바람이 멎기 전에 얼른 날아."

"그, 그럼 다녀올게. 위험해지면 도와줘."

"그럼 다녀오겠어요."

디아와 네반이 언덕 위에서 날아올랐다.

바람을 타고 활공하여 멀리까지 날아갔다.

둘 다 기본에 충실한 조종이라 위태롭지 않았다.

"둘 다 머리도 요령도 좋으니 말이지. 내가 안 따라가도 괜찮으리라고 생각했어."

"그렇죠. 저보다 훨씬 빨리 익숙해지신 것 같아요."

옆에서 바람이 불어도 곧장 자세를 바로잡았다.

행글라이더의 구조를 이해하고 있기에 적절히 조종할 수 있었다.
다만 바람 마법을 쓰지 못해서 서서히 고도가 내려갔다.
알맞게 상승에 쓸 수 있는 바람은 그리 자주 불지 않는다.
잠시 후 착지. 두 사람은 신체 능력을 마력으로 강화하여 이쪽으로 달려왔다.
아니, 그냥 돌아오는 게 아닌데.
디아가 아주 못된 표정을 짓고 있었다.
……불길한 예감만 들었다.
"저 녀석."
전력으로 달려 힘껏 점프했다.
저 정도 고도면 바로 떨어질 수밖에 없다.
하지만 디아는 영창하고 있었다.
본래 영창 중에는 그쪽에 마력과 자원을 써서 신체 능력을 강화할 수 없지만, 【고속 영창】의 응용인 【다중 영창】을 쓰면 가능해진다.
디아는 바람 마법을 못 쓴다.
뭘 하려는 거지.
"꺄악!"
세찬 돌풍이 디아의 후방에서 일어났다.
폭풍을 타고 행글라이더가 상승하여 고도를 높이고 가속했다.
기체에 대미지가 가지 않도록 상당히 떨어진 위치를 착탄점으로 지정하고 있었다.
그뿐만이 아니었다. 【다중 영창】으로 폭발 마법 외에 다른 마법도 영창하고 있었다.

그 마법이 발동했다.

"……터무니없는 짓을 하는구나."

발바닥에서 불길이 뿜어져 나왔다.

아니, 저건 불이 아니다. 주위의 공기를 모아서 가압하고 연소시켜 고온 고압가스를 분사함으로써 추력으로 삼고 있었다.

원리만 보면 제트기에 가까웠다.

바람을 조종하는 나나 타르트 이상의 속도를 내고 있었다.

제트기를 모를 터인 디아가 자력으로 고찰하여 이런 마법을 만들어 내다니 경탄할 만했다.

"디아 님, 굉장해요. 엄청나게 빨라요."

"하지만 흉내내고 싶지는 않아. 상당히 난이도가 높은 데다가 제어하기 어려워. 조금이라도 잘못 제어하면 불길이 기체를 태워 버려. 연비도 나빠. 디아나 나 말고 다른 녀석이 쓰면 순식간에 마력이 고갈될 거야."

게다가 바람 마법을 못 쓰는 디아는 무속성 마법으로 바람을 잡아서 뭉치는 매우 비효율적인 방법으로 주위 공기를 가압하고 있었다.

결점은 많다. 하지만 그걸 감안해도 좋은 마법이었다.

내가 쓴다면 바람을 잡아서 뭉치는 게 아니라 바람 마법으로 바람을 불러올 수 있다.

한동안 비행을 즐긴 디아가 하강하여 우리 옆에 착지했다.

“후, 후, 후. 어때? 바람을 못 써도 빠르게 날 수 있어!”
“깜짝 놀랐어. 디아의 전용기도 만들어 둘까.”
“고마워. 기대할게.”
“다음에 왕도에 갈 때는 혼자 날아갈 수 있지?”
“그, 그건, 조금 힘들지도.”
어쨌든 연비가 매우 나쁜 마법이다.
왕도까지 못 버틸 것이다.
잠시 후 네반이 행글라이더를 안고서 돌아왔다.
“하아, 하아, 겨우 돌아왔네요. 이거, 날 때는 최고인데 돌아오는 건 정말 힘들어요. 무거워요.”
늘 우아한 네반이 보기 드물게도 땀범벅이 되어 있었다.
“저기, 디아. 부탁이 있어요.”
“응, 뭔데?”
“빛을 추진력으로 하는 마법은 못 만드나요?”
“미안, 상상이 안 가.”
빛을 추진력으로 바꾸는 구조는 SF 등에서 보이지만 실용화됐다는 이야기는 들은 적이 없다.
정확히는 이론은 완성되어 실현 가능하다고 전문 기관이 발표한 단계였다.
아무리 나라도 그걸 마법으로 재현할 수 있을 것 같지는 않았다.
“아쉽네요…….”
마법은 편리하지만 만능은 아니다.

할 수 있는 일이 있고 할 수 없는 일이 있었다.

◇

비행을 얼추 즐긴 후 점심을 먹기로 했다.

그게 오려면 조금 더 시간이 걸린다.

"오늘도 루그 님의 밥을 먹을 수 있다니 행복하네요."

"매일 루그가 밥을 지으면 될 텐데."

"저기, 그건 그것대로 제가 슬퍼져요. 사용인으로서의 정체성이……."

바구니 안에서 샌드위치가 나타났다.

전형적인 달걀 샌드위치, 멧돼지 고기로 만든 햄버그 샌드위치, 그리고 비장의 샌드위치가 있었다.

"루그, 또 거짓말했어. 어제 그라탱 만들어 준다고 했으면서. 으으으, 그라탱 먹고 싶어~."

디아가 원망스럽다는 듯 쳐다보았다.

"저기, 역시 도시락으로 그라탱은 좀……. 그라탱은 식으면 별로 맛이 없으니까요."

"그라탱이 뭔가요?"

디아가 의기양양하게 네반에게 그라탱을 가르쳐 줬다.

"아주 맛있어. 어제 먹은 크림 스튜에 쇼트 파스타를 넣고 끓인 뒤 치즈를 얹어서 오븐에 굽는 거야. 맛이 농후해져서 굉장히 만족스러워. 내가 제일 좋아하는 요리야."

"어머, 맛있을 것 같네요."

"그런데……."

또 내 쪽을 보았다.

"지레짐작하지 마. 확실하게 만들었어. 일단 샌드위치를 먹어 봐."

그랬다. 확실하게 만들었다.

나는 디아의 애인이다. 애인이 바라는 건 들어주고 싶다. 하지만 평범한 그라탱은 도시락에 적합하지 않았다.

그래서 식어도 맛있는 그라탱을 만들었다.

"하지만 샌드위치밖에 없는데?"

"아무튼 먹어 봐요!"

"맞아요."

나는 미소 짓고 수통에서 수프를 따랐다.

그리고 식사가 시작되었다.

"어머, 이 달걀 샌드위치, 은은하게 새콤하고 맛이 풍부하네요. 이런 맛은 처음이에요."

삶은 반숙 달걀을 으깨고 자가제 마요네즈를 섞었을 뿐이지만, 이 세계에는 마요네즈라는 조미료가 없어서 신선한 맛이라며 어디서나 호평이었다.

"햄버그도 달콤하고 짭짤해서 맛있어요."

햄버그는 데리야키 소스를 발라서 구웠다. 데리야키는 식어도 맛있다.

그리고 드디어 오늘의 특별 요리.

"아! 그라탱. 정말로 그라탱이야! 맛있어. 아주아주 맛있어."

그라탱 고로케 샌드위치.

조린 크림 스튜에 고기와 마카로니를 넣은 것을 베이스로 고로케를 튀기고, 그 고로케에 극한으로 조린 진한 토마토소스를 듬뿍 뿌려서 빵 사이에 넣었다.

이만큼 맛이 진하면 식어도 맛있다.

"이게 그라탱이군요. 정말 맛있어요."

"내가 제일 좋아하는 요리인걸."

"맞아요, 저도 좋아해요."

탄수화물인 마카로니에 탄수화물인 화이트소스, 탄수화물 옷을 입혀서 튀기고, 탄수화물인 빵 사이에 끼워 먹는 탄수화물의 화신.

그런데도 맛있었다. 논리로는 설명할 수 없는 것이다. 모 햄버거 가게의 초인기 메뉴이기도 했다.

"후우, 맛있었어. 역시 루그는 최고의 애인이야."

"디아는 비교적 넉살이 좋단 말이지."

안겨 든 디아를 쓰다듬었다.

이렇게 기뻐하니 노력한 보람이 있었다.

"그러고 보니 오늘은 행글라이더로 나는 것 말고도 중요한 실험이 있다고 했지?"

"그래. 슬슬 올 때가 됐어."

회중시계를 보니 약속 시간이었다.

곧 있으면 세기의 대실험이 시작된다.

마족을 발견하는 즉시 정보를 얻기 위한 도구.

왔나. 무선 통신에도 사용했던 검은색 대형 통신기가 진동했다.

그리고…….

『루그 오빠, 들려? 오빠의 동생이 무르테우에서 러브콜을 보내고 있어.』

마하의 목소리가 들렸다.

약 400km 떨어진 아득한 저편에서 실시간으로.

"잘 들려. 실험은 성공이야."

『후후, 기뻐. 이로써 언제든 루그 오빠의 목소리를 들을 수 있겠네.』

실험은 성공.

내가 만들고 싶었던 것은 전화다.

실제로 전화를 만드는 프로젝트 자체는 2년 전부터 시동했고 시작품도 2년 전에 완성했다.

하지만 통신망을 만드는 데 시간과 비용과 일손이 필요해서, 오르나의 권력과 자금을 최대한으로 활용했는데도 지금이 돼서야 실현되었다.

모두가 말을 잇지 못했다.

2km 통신에도 깜짝 놀랐었다. 400km는 상상조차 못 했을 것이다.

슬슬 내막을 공개하자.

아까 사용한 통신기가 최대 2km만 통신할 수 있었음에도 불구하고 어떻게 400km 너머에 있는 마하의 목소리가 들리는지를.

제4화 암살자는 통신망을 만든다

대형 통신기에서 마하의 목소리가 들렸다.

『감개무량하네. 2년 걸려서 겨우 완성이야. 처음 루그 오빠한테 얘기를 들었을 때는 허무맹랑하다는 생각만 들었는데.』

"뭐, 그렇지. 하지만 이로써 모든 주요 거점을 연결하는 통신망이 완성됐어."

『응. 오르나는 무적이 됐어. 이전보다 더 강력하게 루그 오빠를 보조할게.』

정말로 길었다.

이 통신망을 완성하기까지 많은 장애물이 있었고, 그걸 하나하나 끈기 있게 해결해 왔다.

실험하는 김에 마하에게 오르나의 동향과 부탁했던 조사의 결과를 들었다.

흠, 음질도 전혀 문제없었다.

굳이 문제를 꼽자면 전송 거리가 긴 탓에 약간의 시차가 있는 것 정도인가.

『그리고 뒤에서 모르는 여자의 목소리가 들리는데 기분 탓일까? 그것도 상당히 미인이고 루그 오빠에게 특별한 감정을 품고 있는 것 같은데…… 후후후, 내가 루그 오빠를 위해

과로사 직전 수준으로 일하는 동안 루그 오빠는 애인을 늘리다니, 너무 재미있어서 마음이 꺾일 것 같아.』

마지막으로 사적인 이야기를 하고서 통신을 종료했다.

무섭다. 뭐가 무섭냐면, 화내는 게 아니라 진짜 피곤에 찌든 목소리로 말하고서 내 변명을 듣지도 않고 전화를 끊은 점이 무서웠다.

다음에 만나러 가자.

매번 마하를 무리시키고 있었다. 케어가 필요하다.

통신이 끝나자 네반이 거의 잡아먹을 듯한 기세로 다가왔다.

"정말로 무르테우에서 통신을 보낸 건가요?! 거기서 여기까지 거리가 약 400km는 돼요. 혹시 우리를 놀린 건가요? 그 상자 속에 여자아이가 숨어 있는 거 아닌가요?"

"그런 시시한 짓은 안 해. 분명하게 400km 너머에서 목소리가 전달된 거야."

네반이 말을 잇지 못했다.

전장에 목소리를 전달하는 수준을 능가하여 전국이 연결된다.

그 의미를 네반이 모를 리가 없었다.

정보에는 신선도가 있다.

장사를 예로 들자. 항상 도시별로 시세를 파악하고 있다면 상품을 바로바로 넘기기만 해도 억만금을 얻을 수 있다. 사람들이 그러지 않는 것은 정보 전달에 시간이 걸려서 상품을 준비하여 도착할 즈음에는 시세가 바뀌거나 비슷한 생각을 하는 무리와 경쟁이 붙기 때문이다.

하지만 통신망이 있으면 순식간에 정보를 전할 수 있다. 즉, 시세가 바뀌거나 경쟁사가 움직이기 전에 상품을 전달할 수 있는 것이다. 이게 있으면 원숭이도 부자가 될 수 있다.

장사에만 도움이 되는 것이 아니다.

정치, 군사를 포함한 온갖 분야에서 남들보다 세계를 대국적으로 보고 정확하며 신속하게 행동할 수 있다.

며칠 빨리 움직일 수 있으면 항상 선수를 칠 수 있다.

이 세계 사람들은 이어져 있지 않다.

무엇을 하든, 멀리 떨어져 있을수록 정보 전달에 시간이 걸린다. 그런 가운데 나만은 전 세계와 연결되어 마치 하나의 생물처럼 움직인다.

당연하게 연결되어 있는 인간이 상상하는 것보다 그 차이는 몇 배는 더 압도적이다.

이건 세계를 새로 만드는 종류의 발명이었다.

"……이걸 최대한으로 활용하면 세계 정복도 가능해요."

"하고자 한다면 가능하겠지. 하지만 아까도 말했듯 그런 짓은 안 해. 이건 어디까지나 내가 가진 정보망을 강화하기 위한 도구야."

오르나의 장사에 다소 이용하는 것 외에는 어디까지나 단순한 정보 전달 수단으로 이용할 생각이었다.

"저기, 루그 님. 어떻게 그렇게 먼 곳과 통신할 수 있는 건가요? 그 커다란 상자로도 2km가 한계인데……. 혹시 훨씬 더 커다란 게 어딘가에 있는 건가요?!"

"아, 나도 그게 신기했어."

네반만큼 이것의 가치를 알지 못하는 타르트와 디아가 더 빨리 회복된 것 같았다.

당연한 의문을 품었다.

"아까 사용한 건 무선형이지만 이건 유선형이야. 선으로 연결되어 있고 그 선으로 신호가 전달돼. 그래서 무선보다 훨씬 멀리까지 전송할 수 있어."

"그런 선은 전혀 안 보이는데?"

"지하에 있으니까."

그래서 이 통신망을 구축하는 데 2년이나 걸렸다.

"하지만 그건 무섭지 않나요? 어딘가에서 끊어지면 끝이에요."

"맞아. 그래서 안 끊어지게 만들었어. 이게 실물 선이야. 이걸로 이 거대한 통신기들을 이었어."

나는【두루미 혁낭】에서 통신선을 꺼냈다.

"꽤 두껍네요. 제 허벅지보다 두꺼워요."

"실제로 통신하는 부분은 가늘지만 그걸 보호하는 소재가 두꺼워. 얼마나 튼튼한지 보여 줄게. 이걸 힘껏 베어 봐. 마력으로 강화해도 상관없어."

"그, 그럼, 해 볼게요!!"

내가 양손으로 선을 당겨 잡자 타르트가 단검을 뽑아 휘둘렀다.

충격이 어마어마했다. 마력으로 강화한 만큼 묵직한 일격이었다.

게다가 단검은 내가 만든 특수 합금으로 이루어진 마검.

철판도 잘라 낼 일격이었다.

하지만…….

"말도 안 돼! 안 잘려요."

"그런 거야. 마력으로 강화한 타르트의 일격조차 막아 내. 그리고 이렇게 구부릴 수 있을 만큼 유연해서 부러지지 않아. 이걸 지하 5m 이상은 되는 곳에 깊이 묻어 뒀어. 간단히 끊어지지 않고, 끊어져도 괜찮도록 궁리해 뒀어."

"어떤 궁리인지 궁금해. 가르쳐 줘."

"중요 거점끼리는 두 가지 루트로 용장 구성이 되어 있어. 한쪽 루트가 끊어져도 다른 루트로 신호가 전달돼."

무르테우나 투아하데 등을 코어 거점으로 정하고 동쪽 루트와 서쪽 루트가 존재했다.

"잠깐만. 중요 거점이 있다면 보통 거점도 있는 거지?"

"당연하지. 통신기를 설치한 거점은 총 스무 곳이야. 이 나라의 주요 도시라고 불리는 곳에는 전부 설치가 끝났어."

"으음, 그 말은. 그 스무 개의 거점에서 어느 거점으로든 목소리를 전달할 수 있다는 거야?"

"맞아."

그래서 나는 이것을 통신「망」이라고 표현했다.

원래는 유선으로도 최대 전송 거리는 80km쯤이다.

그래서 거점 간의 최장 거리는 80km가 한계였고, 일단 어떤 거점에 통신이 전달되면 다시 신호를 증폭해서 다음 거점으로 보내는 방식을 취하여 몇백 킬로미터 너머에서도 통신할 수 있게 했다.

두 가지 루트를 준비한 것은 선이 끊어졌을 때의 대책이기도 하지만 거점이 사라졌을 때의 대책이기도 했다.

"스케일이 너무 커. 2년이나 걸릴 만해."

"스케일이 크기도 하지만, 비밀리에 만들어야 해서 더 시간이 걸렸어. 아무나 작업원으로 쓸 수는 없으니까. 땅 마법을 쓸 수 있는 마력 보유자가 몇 명이나 필요했어. 이 통신망을 만드는 데 오르나 총자산의 40%를 썼어."

"앗, 저기, 오르나 자산의 40%면 웬만한 성은 가볍게 살 수 있죠?"

"사고도 남지. 타르트가 상상하는 금액의 배는 썼어."

지저분한 일을 맡아 주면서 입이 무거운 마력 보유자는 그리 흔하지 않고, 있더라도 터무니없는 가격을 불렀다.

전화선과 장치를 내가 직접 만들었음에도 불구하고 이 정도 금액이 날아간 것은 거의 인건비와 권력자들에게 눈감아 달라고 건넨 뇌물 때문이었다.

"으엑, 돈이 엄청나게 들었네."

"엄청난 금액이지만 문제없어. 통신망이 완성된 이상, 두 달만 있으면 원금을 회수할 수 있어."

이건 희망적인 관측이 아니라, 아무리 못해도 그만큼은 가능하다는 최저치였다.

계산상으로는 더 많이 번다고 나왔다.

그게 바로 정보전에서 남들을 압도하여 얻는 과실이었다.

"두 달이요? 너무 겸손하시네요. 일주일이면 충분해요. ……잘도 이걸 저한테 말하자고 생각하셨네요. 로마룽그는 이걸 손에 넣기 위해서라면 도시 한두 개는, 아뇨, 나라 하나 정도는 멸망시킬 거예요."

"네반은 실력을 행사하지 않을 거야. 내게 그 이상의 가치가 있다고 여기겠지. 이보다 더한 걸 보고 싶지 않아?"

"후후후, 황금알을 낳는 거위인가요……. 좋아요. 이건 제 가슴속에 묻어 두겠어요. 정말로 당신 곁에 있으면 질리지 않네요."

네반이 웃었다.

그리고서 중얼거리며 이 통신망을 효과적으로 활용할 방법을 생각하기 시작했다.

"그리고 신경 쓰였는데, 아까 여기서 무선으로 하늘을 나는 우리한테 조언했잖아. 혹시 이거, 다른 거점에서 여기까지 유선으로 정보를 운반하고 그걸 무선으로 쏴 줄 수 있어?"

"눈치가 좋네. 맞아. 반대도 가능해. 무선 통신기로 신호를 보낼 수 있는 건 100m 정도지만, 무선으로 받은 정보를 다른 거점에 보낼 수 있어."

설마 디아가 눈치챌 줄은 몰랐다. 유선 기능과 무선 기능, 양쪽을 탑재한 건 그렇게 운용하기 위해서였다.

대형 유선 기기를 센터로 삼고 부근의 무선 통신기에 일제히 정보를 보내서 거점이 아니어도 통신을 받을 수 있고 반대도 가능했다.

이 구조는 내가 살던 세계의 휴대 전화와 똑같았다. 각 도시에 설치된 통신기에서 그 구역에 있는 휴대 전화에 데이터를 보내고 거점끼리는 유선으로 연결되어 있었다.

이런 구조로 만든 것은 편리하기 때문이기도 하지만, 각 거점에 있는 첩보원들에게 대형 통신기의 장소를 알려 주지 않기 위해서였다.

첩보원들에게는 무선 통신기만을 주고서 통신 센터의 존재는 숨겼고, 내가 개발했다고 하지 않고 발굴된 신기라고 설명했다.

특정 장소에서 무선 통신기를 사용하면 모든 거점과 통신할 수 있다는 게 첩보원들의 인식이었다. 통신 센터는 존재조차 모른다.

배신당하더라도 신기라고 생각하고 있다면 그리 큰 문제가 되지 않고, 무선 통신기는 빼앗기더라도 어떻게든 대처할 수 있다.

믿을 수 있는 자를 첩보원으로 골랐지만 최대한 조심하고 있었다.

"흐에, 굉장해요."

"그러니까 앞으로는 그 통신기를 늘 가지고 다녀. 그것만 있으면 웬만한 도시에서는 어디서나 목소리를 전할 수 있어. 그리고 통신이 왔을 때 그 자리에 없어도 하루치 통신은 나중에 들을 수 있어."

"네! 소중히 여길게요."

"우와, 잃어버리지 않게 조심해야지."

"절대 놓지 않겠어요."

세 사람이 무선 통신기를 소중히 품었다.

나중에 사용법을 가르쳐 줘야겠다.

통신할 때 쓰는 채널이 있고, 용도에 따라 채널을 나눠 쓰고 있었다.

세 사람의 통신기는 내가 사적으로 쓰는 채널만을 받도록 했다.

"자, 이걸로 실험은 끝이야. 돌아가자."

"아, 나는 행글라이더로 돌아갈게."

"저도 그럴게요. 날아서 돌아가면 걸어서 옮길 필요가 없으니까요."

"마음대로 해."

행글라이더가 굉장히 마음에 들었나 보다.

날아가는 두 사람을 지켜보았다.

그러고 있으니 내가 소유한 통신기가 울렸다.

왕도의 거점을 사용하는 첩보원이 보내는 채널이었다.

보고를 들었다.

"저기, 루그 님. 아주 무서운 얼굴을 하고 계세요."

나를 본 타르트가 겁을 먹었다.

"미안, 조금 안 좋은 소식이 들어와서. ……통신망이 바로 도움이 됐어. 정보를 사흘만 늦게 얻었어도 손쓸 수가 없어졌을 거야. 귀족의 질투는 정말이지 꼴사나워."

역시 실시간 정보는 강력하다.

이 투자는 틀리지 않았다.

빠르게 정보를 얻은 이점을 살려서 허를 찌르기로 할까.

왕도 녀석들이 상상조차 못 할 만큼 신속하게.

실험을 끝내고 집에 돌아간 뒤에는 나를 함정에 빠뜨리려고 하는 귀족들에게 반격을 개시했다.

함정을 방치해 두면 내 입장이 나빠질 뿐만 아니라 투아하데 자체가 위태로워진다.

"통신망을 만들고 정확하게 첩보원을 배치하면 이렇게나 힘이 되는 건가. 예상 이상이야."

통신망은 주요 도시 스무 곳을 연결하여 실시간 통신을 가능케 한 거대한 인프라다.

그리고 각지에 파견한 첩보원이 모은 정보가 공유된다. 첩보원은 두 종류로 나뉘었다.

먼저 오르나 안에서도 특히 충성심이 강한 종업원들. 이들은 각 주요 도시에서 상인으로 일하며 주로 경제와 물류에 관한 정보를 공유해 준다. 이들에게 얻은 주요 도시의 돈과 물자의 흐름을 부감하면 커다란 꿍꿍이는 대체로 간파할 수 있다.

'일을 크게 벌이려고 할수록 돈과 물자는 움직이고, 이것들을 보면 무슨 일을 벌일지 알 수 있어.'

사람의 입은 막을 수 있어도 돈과 물자의 움직임을 속이기는 몹시 어렵다.

'이번에 도움이 된 건 다른 쪽이야.'

또 다른 첩보원으로는 【성기사】인 나를 동경하는 귀족들을 끌어들였다. 이들 대부분은 마력 보유자이고 귀족 사회의 정보를 내게 제공했다.

우수한 이들이었다. 【성기사】인 나와 접촉하는 데 성공한 자들로만 구성되어 있기 때문이다.

그게 가능하다는 것은 집안의 격이 압도적으로 높거나, 은밀한 루트를 쓸 만한 힘이 있다는 뜻이었다.

한 명씩 면접하여 믿을 만한 자만을 협력자로 삼았다.

이들을 이용하는 것 자체는 간단했다.

【성기사】를 동경하는 녀석들이 바라는 대로, 영웅의 힘이 됨으로써 자신도 영웅이 된 것처럼 느낄 수 있게 했다. 금전도 충분히 줬다. 귀족이어도 대부분 집안을 잇기 전이라 자신이 쓸 수 있는 돈은 한계가 있어서 좋아했다.

거기에 세뇌 기술로 마음을 사로잡고, 상대의 처지에 따라 필요한 이익을 줌으로써 배반할 위험을 줄였다.

그렇게 하니 친척뿐만 아니라 자기 집안의 정보까지 나불나불 이야기해 줬다.

……문제는 우수해도 유치한 인간이 많다는 점이었다. 영웅 놀이를 하고 싶어 하는 인간들이니 그건 어쩔 수가 없다.

그렇기에 그 존재가 발각됐을 때의 리스크 매니지먼트에 힘을 쏟고 있었다.

"왕도를 중점적으로 감시한 게 효과가 있었어."

왕도에는 많은 눈을 준비해 뒀다.

그곳은 정치의 중심이고, 영지보다 중앙을 우선하는 귀족은 남들보다 훨씬 허세가 심하여 쉽게 시기한다.

그래서 발목 잡는 녀석이 많이 있으리라고 여겼다.

그런 녀석들은 내가 샘이 나서 견딜 수가 없을 것이다.

하급 귀족에 불과한 남작가의 장남. 그런 내가 마족을 잇달아 쓰러뜨리고, 왕가의 눈에 들고, 4대 공작가 중 하나인 로마룽그의 환심까지 샀다.

그 영광이, 받고 있는 총애가 샘이 나리라.

그리고 머지않아 투아하데 가문은 출세하여 자신을 위협하리라고 생각하는 것이다.

나도 아버지도 그런 데는 전혀 관심이 없는데.

"내 발목을 잡으면 어떻게 될지, 조금만 생각하면 알 수 있을 텐데 말이야."

마족을 해치울 사람이 없어지면 자기 목을 조르는 꼴이 된다.

지금 용사는 왕도에서 움직일 수 없으니, 내가 대처하지 않으면 마족이 알반 왕국의 국토를 마음껏 휩쓸 것이다.

그리고 마족이 마음대로 굴게 두면 마왕이 부활해 버린다.

마왕은 용사조차 대처하지 못할 가능성이 있고, 그러면 나라가 통째로 멸망한다.

적어도 마족이라는 위협이 있는 동안에는 나를 방해해선 안 된다.

그런데도 그들은 질투와 허영심으로 벌이는 만행을 구차한 논리로 정당화하여 내게 이빨을 드러냈다.

"웬만하면 넘어가려고 했지만."

……이번에는 아주 질이 안 좋았다.

그렇기에 대처한다.

일단 정공법으로 싸우겠지만, 최악에는 본업(암살)으로 처리하겠다는 생각도 하고 있었다.

그 정도로 상대는 악랄한 함정을 준비했다.

◇

이튿날 아침, 네반을 데리러 로마룽그에서 사람이 왔다.

로마룽그의 영애는 많은 일과 책임을 맡고 있어서 바쁘다. 여기 있을 수 있는 것도 한계였다.

우리는 배웅하러 나갔다.

"투아하데에서 보낸 날들은 정말로 즐거웠어요. 또 올게요. 감사했습니다."

"인사는 됐어. 나도 로마룽그에서 즐겁게 지냈으니까. 앞으로도 양호한 관계를 구축해 나가길 기도할게."

"저도 같은 마음이에요. 다음에는 학원에서 자상한 선배의 얼굴로 상대하겠어요."

"그래. 나도 귀여운 후배로서 행동할게."

그러고 보니 학원 재건이 슬슬 끝날 때인가.

그러면 네반이 선배가 된다.

학원에서는 의도적으로 피했었지만 이제 그럴 이유가 없었다.

"그리고 루그 님은 조금 난처한 상황에 처하신 모양이네요."

"무슨 말이야?"

"저를 속일 수는 없어요. 루그 님의 표정도 자세도 평소와 똑같아요. 하지만 분위기가 달라요."

이런. 표정과 감정을 감췄는데도 간파당한 적은 전생을 포함해도 많지 않았다.

"조금 말썽이 있어서."

"로마룽그의 힘을 빌려드릴까요?"

"그럴 필요는 없어."

허세가 아니었다.

불필요하게 빚을 지고 싶지는 않았다.

로마룽그의 힘을 써야 할 때는 더 나중이다.

"그런가요. 마음이 바뀌면 연락해 주세요. ……이건 확실하게 가지고 있을 테니까요."

"그래. 그때는 잘 부탁해."

통신망은 이 나라의 주요 도시에 설치했다.

거기에 로마룽그령이 빠졌을 리 없었다.

네반에게는 도시에 설치한 대형 통신기의 장소를 가르쳐 줬다.

그 통신기를 사용하면 서로 연락할 수 있다. 단, 특정 채널만 쓸 수 있는 통신기라서 첩보원들의 정보를 네반이 들을 수는 없었다.

네반과 함께 있으면 신경이 마모되지만, 동시에 즐거웠고 공부가 되었다.

앞으로도 양호한 관계를 이어가고 싶다.

◇

네반과 헤어진 후, 내 방에서 무선 통신기로 통신망에 접속했다.

투아하데의 저택에도 대형 통신기가 설치되어 있었다.

하지만 이건 조금 특수해서 자료에 기재되어 있지 않았고, 마하조차 이것의 존재를 몰랐다.

또한 다른 통신기에는 없는 특별한 기능이 있었다. 배신자가 나왔을 때 피해를 최소한으로 억제하면서 그 배신자를 특정하기 위한 기구였다. 그렇기에 이 녀석의 존재를 누구에게도 가르쳐 주지 않았다.

마하나 타르트와 연락하는 사적인 채널이 아니라 첩보원들에게 전달하는 채널을 지정했다.

"은(銀)이 왕에게……."

사적인 채널에서는 서로 이름으로 부르지만, 첩보원과 이어진 채널에서는 코드 네임을 사용했다.

은이라는 건 나였고, 왕은 왕도에 있는 첩보원을 뜻했다.

그리하여 나는 나를 함정에 빠뜨리려고 하는 녀석들을 함정에 빠뜨리기 위해 첩보원에게 지시를 내렸다.

◇

이튿날, 행글라이더가 준비되었다.

나와 디아가 사용할 2인용 행글라이더와 타르트 전용기였다.

"미안. 좀 더 여기서 느긋하게 지내고 싶었는데."

"아뇨, 전혀 상관없어요! 루그 님과 함께 있을 수 있다면 어디든 가겠어요."

"그나저나 너무하네. 루그를 범죄자 취급하다니."

"맞아, 너무한 얘기야."

나를 함정에 빠뜨리려고 하는 녀석들은 내게 살인죄를 씌우려 하고 있었다.

지금까지 저지른 암살이 발각된 것은 아니고 완전한 누명이었다.

암살이 발각되어 붙잡히는 것은 암살자에게 최대의 굴욕이다. 무능하다는 낙인이 찍히는 것과 같다.

누명이라는 것을 알아도 굉장히 짜증 났다.

"조잡한 수법이야. 정적을 죽여서 그 시체를 존불에 폐기하고, 가짜 증인을 세워서 내가 마족과 싸우다 죽였다고 말하게 하려는 것 같아."

"저기, 그렇다고 루그 님이 잘못했다고 할 수 있나요? 마족과의 싸움에 누군가가 말려드는 건 평범하게 있는 일이에요. 그런 걸 신경 쓰다가는 싸울 수 없어요."

"뭐, 그렇지. 【성기사】의 권한에 싸우면서 발생할 수 있는 손해를 책임지지 않아도 된다는 내용이 있을 정도야."

【성기사】뿐만 아니라 용사나 일부 상급 기사단도 똑같은 권한을 가졌다.

강대한 전투력을 가진 자들이 싸우면 그 여파는 광범위하게 미친다. 그리고 이런 사람들이 파견되는 경우는 대체로 적이 강대하거나 매우 긴급한 상황일 때다. 주위에 미칠 피해를 신경 쓰면 제대로 싸울 수 없다.

"이상하지 않아? 그렇다면 루그에게 죄를 뒤집어씌우는 건 무리야."

"아니, 녀석들한테는 상관없어. 내가 죽였다고 되어 있는 건 인기가 많은 고귀한 사람이야. 죄는 없어도 백성과 많은 귀족이 생각하는 내 이미지는 진창에 처박히겠지. 최악에는 원수를 갚겠다는 무리가 나타날지도 몰라. 샘이 나서 발목을 잡고 싶을 뿐이라면 충분한 네거티브 캠페인이야. ……그뿐만 아니라 피해자와 투아하데 남작가 사이의 확집을 날조해서 의도적으로 죽였다고 여기도록 꾸민 것 같아."

아무리 【성기사】의 권한으로 전투에 말려들게 하는 것이 불가항력이라고 인정된다지만 의도적인 살해라면 문제가 된다.

죄가 없어도 다양한 방면에서 다양한 귀족들이 투아하데에 제재를 가할 것이 틀림없다.

"지독하네. 이래서 귀족 사회를 싫어하는 거야."

귀족 사회에서 출세하려면 남의 발목을 잡아야 한다.

전란의 시대라면 두드러진 성과를 올려서 출세할 수 있지만, 평화로운 시대에는 두드러진 성과를 내기 어렵다.

그래서 실수하지 않는 것이 중요하고, 자신보다 높은 곳에 있는 경쟁자를 어떻게 실각시킬지가 중요해진다.

출세욕이 있는 귀족은 그런 점이 뛰어났다.

나를 함정에 빠뜨리려고 하는 녀석들도 그런 부류였다.

"저기, 그걸 어떻게 대처하시려고요?"

"위증할 증인을 알아냈어. 살짝 「설득」해서 우리 편으로 만들 거야. 내 죄를 폭로하는 자리에서 반대로 흑막이 나를 함정에 빠뜨리려고 한 것을 증언하라고 할 거야."

"우리 편이 되어 줄까요?"

"내가 못 할 것 같아?"

타르트가 흠칫했다.

나는 설득이 특기다.

……통신망이 없었다면 대책을 세울 시간이 없었을 것이다.

재판의 흐름은 이렇다.

죄를 고발하는 자가 나타나면 먼저 재판을 열 것인지 심의한다.

그 심의에서 승인되면 일단 전서구를 이용해 편지를 보내고, 그와 함께 편지를 가진 관리가 마차로 출발한다.

고발당한 자는 관리가 영지에 도착하고 3일 이내에 영지로 돌아와서 관리와 함께 왕도에 가야 한다.

그리고 왕도에 도착하면 관계자의 일정이 최단으로 맞는 날에 재판이 열린다.

왕도에서 투아하데까지는 아무리 서둘러도 일주일은 걸린다.

전서구라면 이틀이나 사흘.

원래대로라면 전서구로 편지가 오고 관리가 올 때까지 닷새, 거기에 관리가 기다려 주는 사흘을 합해 총 여드레 안에 영지에 돌아오면 된다.

하지만 이번에는「불행히도」전서구가 사고를 당해서 편지가 도착하지 않을 예정인 것 같았다.

……즉, 편지를 가진 관리가 오고 사흘 안에 투아하데에 돌아오지 않으면 그 시점에 도주했다고 여겨져서 죄가 확정된다.

늦지 않게 오더라도, 나를 고소한 녀석은 곳곳에 손을 써서 내가 관리와 함께 왕도에 도착한 다음 날 재판이 열리도록 준비한 듯했다.

아무것도 몰랐다면 부전패하거나, 영지에 돌아왔더라도 아무런 준비도 못 한 채 재판에 임할 수밖에 없었다.

"정말이지, 이러려고 만든 통신망이 아닌데."

쓴웃음을 지었다.

이번에는 통신망 덕분에 살았다.

오늘 아침, 편지를 가진 관리가 왕도를 출발했다고 한다.

그걸 어제 알았기에 여러 가지로 대비할 수 있었다.

"응, 그러게. 하지만 루그의 무죄를 증명할 수 있을 것 같아서 안심했어."

"그래. 하지만 거기서 끝내지 않을 거야. 대가를 치르게 해야지."

그저 무죄를 증명하는 것만으로는 부족하다.

다시는 이런 짓을 하는 바보가 나타나지 않도록 철저히 때려잡아서 본보기로 삼기로 할까.

행글라이더로 비행했다.

육로와 달리 최단 거리로 갈 수 있는 데다가 이동 속도도 빨랐다.

마차로 왕도에 가려면 며칠이 걸린다. 정보 속도와 이동 속도, 두 가지 속도로 적의 의표를 찌른다.

순조롭게 비행하다 보니 살짝 장난기가 들었다.

"디아가 만들어 준 마법을 나도 써 볼게."

불로 가열한 고압가스에 의한 초고속은 매우 합리적인 추진 시스템이다.

사전 지식 없이 이걸 만들어 낸 디아의 센스는 대단했다.

그리고 나라면 이 마법을 더 잘 쓸 수 있다.

"조심해. 내가 썼을 때도 기체에서 불안한 소리가 났고, 바람 마법을 쓸 수 있는 루그가 진심으로 쓰면 기체가 못 버틸지도 몰라."

"강도 계산은 확실하게 했어."

행글라이더는 원래 바람으로 가속하는 걸 버틸 수 있는 범위에서 한계까지 경량화하는 쪽으로 설계했다.

어느 정도 완충이 된다지만 상정한 속도를 넘어서면 고장 날 위험이 따랐다.

"마법은 이미 완성됐어?"

"어. 출발하기 전에 만들어 뒀어."

여러모로 편리해 보였기에 디아의 식을 개변하여 만들어 뒀다.

개량점은 둘. 첫째, 바람 마법을 사용하여 더욱 효율적으로 주위의 대기를 모으게 됐다.

둘째, 무속성 마법으로 막을 만들어서 추진력을 기체 전체로 받게 했다.

개량한 마법은【스러스터】라고 명명했다.

이동뿐만 아니라 전투에도 쓸 수 있었다. 고압가스 분사는 매우 살상력이 높으니, 실전에서는 고속으로 이동하며 높은 화력으로 공격하는 쓰기 좋은 마법이 될 것이다.

그【스러스터】를 바로 사용했다.

【다중 영창】의 힘으로 불과 바람의 마력을 동시에 다듬었고【스러스터】영창을 끝내자 마법이 발동했다.

무시무시하게 가속하며 바람이 얼굴을 때렸다. 엄청난 속도였다.

굉장히 기분 좋아서 버릇이 될 것 같았다.

몇 초 후【스러스터】를 끝냈다. 이 이상 쓰면 기체가 갈가리 찢긴다.

"이건 굉장한데."

"아하하, 최고였어. 바람 마법에 루그의 무식한 마력이 더해지니 이렇게 되는구나."

"그런 것 같아……. 이걸 더 잘 쓸 수 있게 행글라이더를 다시 설계해야겠어."

이 추진력이 있다면 다소 중량이 늘더라도 강성을 높여야 한다.

마법의 위력을 줄여서 쓰는 것보다는 버틸 수 있는 기체를 만드는 편이 합리적이다.

"그건 좋지만, 결국 루그만 쓸 수 있으면 의미가 없어. 봐, 타르트가 안 보여."

"그것도 그러네."

타르트가 쫓아올 수 있도록 바람 마법도 끄고 활공했다.

잠시 후 무전으로 타르트의 목소리가 들렸다.

『폭발적으로 날아가는 그거, 너무 빨라서 쫓아갈 수가 없어요.』

무전으로 들리는 타르트의 목소리는 울먹이고 있었다.

확실히 디아의 말대로 【스러스터】에 대응할 수 있는 행글라이더가 하나뿐이면 의미가 없나.

아니, 잠깐. 전제를 바꾸자.

"좋아, 정했어. 【스러스터】 사용을 전제로 한 4인용 기체를 만들자."

비행기가 아니라 행글라이더를 만든 것은 추력이 부족해서 가벼운 쪽이 더 속도가 잘 나오기 때문이었다.

하지만 머릿속으로 계산해 보니 【스러스터】가 있다면 4인 탑승과 강성 확보를 위해 중량을 늘려도 그쪽이 더 빨랐다.

"……어떤 괴물 같은 행글라이더가 만들어지는 걸까. 조금 무서워."

"뭐, 기대해."

완성되는 것은 행글라이더가 아니라 자가용 제트기다.

설계를 구체화해 나가자.

◇

왕도 교외에 착륙했다. 이번에는 나뿐만 아니라 디아와 타르트도 변장한다.

그걸 위한 화장과 옷차림은 내가 봐줬다.

그리고 가짜 신분증을 준비했다. 우리는 학원에 다니기 위한 신분증을 가지고 있지만, 이번 목적은 나를 함정에 빠뜨리려고 하는 녀석들이 준비한 증인을 설득하는 것이었다.

만에 하나라도 우리가 왕도에 왔다는 것을 들키면 안 된다.

"머리 염색하는 건 싫어. 상하지 않을까 걱정돼."

"그건 걱정 안 해도 돼. 확실하게 고려했어. 오르나의 신상품이야."

디아의 반짝이는 은발은 나도 좋아한다. 그걸 상하게 하는 짓은 안 한다.

이 염료는 원래 오르나에서 팔기 위해 개발한 것이었다.

머리를 물들이는 염료는 귀족과 부자에게 수요가 있었다. 백발을 감추거나, 자신을 더 아름답게 꾸미기 위해.

오르나의 모든 화장품은 예뻐질 뿐만 아니라 계속 사용함으로써 건강해지는 것을 세일즈 포인트로 삼고 있었고, 그렇기에 톱 브랜

드로 군림하고 있었다.

이 염료도 머리가 상하기는커녕 케어가 되도록 만들어서 좋은 평판을 받으며 날개 돋친 듯이 팔리고 있었다.

"변장은 굉장하네요. 디아 님의 인상이 완전히 달라졌어요."

그렇게 말하는 타르트는 빨간 생머리가 되었다. 천을 감아서 가슴을 누르고 귀족 아가씨처럼 화장하고 있었다. 평소와 전혀 인상이 달랐다.

타르트의 친근한 분위기가 사라져서 귀족 영애 같았다.

그런 타르트를 보고 디아가 자신은 어떻게 됐는지 거울로 확인했다.

"……있지, 목 위쪽은 그렇다 쳐도, 아래쪽 변장은 매일 하면 안 될까?"

"안 돼. 허무해질 뿐이야."

디아는 머리카락을 검게 물들여서 묶어 올렸고, 깨끗한 피부는 일부러 주근깨가 난 것처럼 화장해서 시골 처녀풍으로 꾸몄다. 그렇지만 의상은 치렁치렁한 고가의 옷을 골랐다.

어딜 어떻게 봐도 왕도에 와서 신이 난 시골 졸부의 딸이었다.

평소의 고귀하고 인형 같은 아름다움은 찾아볼 수 없었다.

디아의 미모를 망치는 변장이었다.

그렇게까지 했는데도 귀여운 것은 디아의 잠재력이 높기 때문이리라.

하지만 디아는 그건 전혀 신경 쓰지 않고 목 아래쪽, 주로 가슴에 주목했다.

패드를 넣어서 가슴이 커져 있었다.

"이거 가짜지? 믿을 수가 없어. 이거 오르나에서 팔자. 분명 잘 팔릴 거야! 이거 판다면 나는 반드시 사!"

"……그럴지도 모르지."

상류 계급에도 가슴에 보형물을 넣는 사람은 있지만 비교적 조잡해서 솔직히 티가 났다.

두툼한 드레스를 껴입으면 다소 무마할 수 있지만 진짜 가슴과는 질감이 너무 달라서 부자연스러웠다.

그 점에서 내가 만든 패드와 전용 브래지어를 조합하면 진짜 가슴으로밖에 안 보였다. 형상도 질감도 완벽하기 때문이다. 만지더라도 들키지 않을 자신이 있다. 암살용으로 만들어서 채산은 도외시했다.

"굉장해. 말랑하고, 출렁거리고, 우와, 좋다. 그리고 예전부터 해 보고 싶은 말이 있었어! 『가슴이 크면 어깨가 결려서 큰일이에요』, 『달릴 때 굉장히 출렁거려서 균형 잡기 힘들고, 당겨서 아파요』, 『이런 건 방해만 돼요』."

디아가 만족스럽게 큰 가슴에 대해 불평했다.

말과는 반대로 매우 흡족해했다.

어째선지 타르트의 얼굴이 점점 빨개졌다.

그러고 보니 이 어조와 음성, 어딘가 타르트와 닮은 것 같다.

"디아 님, 너무해요! 그거 전부 제가 했던 말이잖아요!"

"후후후, 보복이야. 가지지 못한 자가 어떤 심정으로 이 말을 들었는지, 내 분노를 통감하렴!”

거의 완벽한 인간인 디아의 유일한 콤플렉스이니 한동안 원하는 대로 굴게 두자.

아웅다웅하는 두 사람을 보며 나는 나대로 변장했다.

“그럼 갈까. 가짜 신분증은 잃어버리지 않게 조심해. 그게 없으면 왕도에 못 들어가.”

“……저기, 정말로 루그 님이죠? 어딜 어떻게 봐도 예쁜 여자로만 보여요. 저보다 미인이라 조금 충격이에요.”

“맞아. 이렇게 예쁜 사람은 왕도의 파티에도 없었어.”

나는 여장하고 있었다.

앞으로의 계획을 생각하면 여자가 편하기 때문이다.

내 외모가 중성적이기도 해서, 어느 정도 변장 기술이 있으면 완벽하게 여성의 모습이 될 수 있고 기술에도 자신이 있었다.

전생에도 소년 시절에는 여장하여 미인계를 써서 타깃을 처리한 적이 있었다.

“혹시 가슴을 키우는 이거, 여장하려고 만든 거야?”

“맞아. 언젠가 쓸 기회가 있을 것 같았거든. 가장 인상을 바꾸는 변장은 성별을 바꾸는 거야.”

타르트와 디아를 남장시킬까 싶기도 했지만, 겉모습을 꾸미더라도 두 사람은 남자처럼 행동하지 못해서 의심받을 가능성이 컸기에 택하지 않았다.

반대로 나는 몸짓 하나하나로 자연스럽게 여성을 표현하고 있었다.

"……이 정도면 원래부터 그런 취미가 있었던 거 아니야?"
"그러고 보니 옛날부터 루그 님은 자주 여성복을 입으셨어요!"
"아! 처음 만났을 때도 여성복을 입고 있었어!"
두 사람이 의심스럽다는 눈빛을 보냈다.
"생사람 잡지 마. 그건 엄마가 억지로 입힌 거였어."
"응, 알아. 나는 이해하니까 걱정하지 마."
"저는 루그 님에게 어떤 취미가 있더라도 확실하게 받아들일 거예요!"
머리가 아파졌다.
어쩔 수 없지. 이번 일을 끝내면 내가 얼마나 남자다운지 두 사람에게 가르쳐 주자.
명예를 되찾기 위해.
그러기 위해서도 일단은 내게 튄 불똥을 처리하자.
그걸 위한 계획은 이미 세워 뒀다.

셋이서 왕도에 들어갔다.

왕도에 들어갈 때는 귀족 전용 문을 이용했다.

남들 눈에는 세상 물정 모르는 귀족 영애들이 왕도를 견학하러 온 것처럼 보일 것이다.

딱 보기에도 졸부 같은 의상으로 부자임을 어필하고 있는데 호위를 한 명도 대동하고 있지 않았다.

아무리 왕도가 치안이 좋다지만 너무나도 무방비하고 어리석은 모습이었다.

게다가 세 명 모두 미소녀다. 매우 눈에 띄었다.

본래 암살자는 눈에 띄지 않게 행동하지만, 이번에는 목적을 위해 일부러 눈에 띄게 행동하고 있었다.

왕도에 들어온 뒤로는 졸부들이 이용하는 가게에서 점심을 먹고 잡담하며 관광을 만끽했다.

"아까 먹은 점심 괜찮았어. 오랜만에 먹은 왕도의 밥, 맛있었어."

"네, 정말 맛있었어요. 하지만 아주아주 비

쌌어요. 이번에 쓴 돈이면 일주일 치 메뉴를 만들 수 있어요."

디아는 순수하게 식사를 즐겼지만 타르트는 가격을 신경 쓰느라 전혀 즐기지 못했다.

씀씀이가 좋은 멍청한 졸부 귀족 영애를 연기하기 위해 일부러 그런 가게를 골랐다. 관광객을 노리고 바가지를 씌우는 가게였다. 왕도를 자세히 아는 인간은 절대 이용하지 않는다.

……그나저나 타르트는 역시 연기를 못했다. 졸부 귀족 영애라는 설정이라고 말했는데도 본연의 모습이 나왔다.

"나는 즐거웠어. 매일 점잔 빼는 건 피곤하지만, 가끔은 이런 것도 좋네."

아직 내 여자 말투에 적응이 안 되는지 타르트와 디아의 미소가 살짝 굳었다.

지금 나는 여장하고 있기에 어조뿐만 아니라 음성이며 동작이며 하나부터 열까지 전부 여성같이 했다. 디아가 작은 목소리로 『위화감이 너무 없어서 오히려 무서워』라고 말했다.

덧붙여 내 의상은 두 사람보다 격이 떨어졌다.

사이좋은 삼인조지만 재력은 약간 뒤떨어진다는 설정이었다. 그리고 가짜 신분상으로 귀족 계급은 가장 높은 리더 격이었다.

이런 귀찮은 설정을 잡은 것은 타깃의 공감을 쉽게 얻기 위해서였다.

신분은 있지만 돈은 없다. 고귀하지만 곤궁한 타깃에게 맞췄다. 겹치는 설정으로 짜는 것은 공감을 얻는 기본이다.

"왕도에 들어오기 힘들 줄 알았는데 간단했어."

"맞아요. 신분증만 있으면 들어올 수 있네요."

"내가 왕도 관광 같은 건 간단하다고 했잖아. 우리는 귀족이야. 더 당당하게 굴어."

준비한 신분증은 다른 사람 것이지만 진짜였다.

돈이 필요한 귀족은 얼마든지 있다. 살짝 돈을 내비치기만 해도 간단히 양보해 준다.

"근데 왜 이렇게 움직이기 불편한 옷을 입으라고 한 거야? 드레스 입고 돌아다니는 거 힘들어."

"모처럼 왕도를 관광하러 왔잖아. 멋을 내야지. 안 그러면 얕보여!"

참고로 방금 대사는 돈이 없는데 허세를 부린다는 설정 때문이었다. 아무리 귀족이라도 여기저기 관광할 때 움직이기 불편한 화려한 드레스를 입지는 않는다. 그런 짓을 하는 건 시골뜨기뿐이다.

"그게 다가 아니죠?"

타르트의 질문에 세상 물정 모르는 귀족 영애 삼인조라는 설정인 채로는 대답할 수 없었다.

바람 마법을 썼다. 이름은【속삭임】.

작게 속삭인 말을 상대의 귓가로 전달하거나, 상대방의 입가에서 난 소리가 자신에게 전달되는 마법이었다.

어떻게 해도 알아들을 수 없는 작은 목소리로 대화가 가능해서, 이 마법을 사용한다는 전제로 입술을 거의 움직이지 않고 누구도 알아들을 수 없는 작은 목소리로 이야기하는 훈련을 두 사람에게 시켰다.

남들 눈에 우리는 그저 말없이 걷고 있는 것처럼 보일 것이다.

『증언할 남자가 개최하는 파티에 참여할 예정이야. 거기서 내가 녀석을 유혹해서 단둘이 될 거야. 왕도 관광에 들뜬 멍청한 시골 귀족을 연기하는 건 그걸 위해서야.』

『……저기, 그 작전에서 유혹하는 역할이 남자인 루그라는 게 조금 상처인데.』

『내가 가장 적성이 있어. 그리고 타르트와 디아가 남자를 유혹하는 걸 보고 싶지 않아.』

『에헤헤, 그렇게 말해 주니까 기분이 나쁘지 않네.』

『저도 기뻐요. 하지만 루그 님이 저희 대신 남자분에게 이런 짓 저런 짓을. ……꿀꺽.』

『아니, 여장의 목적은 방에 들어가는 것까지야.』

『아하하, 그렇죠. 안심했어요.』

안심했다고 말하지만 실망한 것처럼 들리는데 기분 탓일까?

일부러 디아의 매력을 망치는 화장을 하고 타르트의 큰 가슴을 숨긴 것은 그녀들이 성적인 의미로 노려지지 않도록 하기 위해서였다.

그렇다고 못생기게 꾸미면 파티에 어울리지 않는다고 여겨진다.

그래서 그녀들의 매력을 반감시킴으로써 파티에는 초대되지만 남자에게는 노려지지 않는 선을 노렸다.

반면 나는 유혹하는 역할이기에 공들여 꾸몄다.

'너무 허술하게 했을지도 모르겠어.'

가슴이 없어도 타르트는 매력적이며 귀엽고, 지저분한 피부에 주근깨가 있어도 디아는 미소녀였다. 조금 더 그녀들의 매력을 줄여야 했다는 후회가 들었다.

『파티는 꽤 돈이 드는데 번번히 연다니, 잘 버는 귀족인가 보네.』

『보통은 그렇게 생각하겠지만 그 녀석은 달라. 오히려 돈을 모으기 위해 파티를 여는 거야.』

『저기, 돈이 드는 파티로 어떻게 돈을 모으나요?』

귀족에게 파티는 두통거리다.

절기마다 반드시 열어야 하는 데다가, 인색한 모습을 보이면 평판이 나빠져서 출세에 악영향을 준다. 허세 부리다가 영지 경영이 기우는 귀족도 흔했다.

그렇기에 두 사람은 파티로 돈을 모은다는 것에 의문을 느꼈다.

『하급 귀족이나 졸부 상인은 명문 귀족이 여는 파티에 참가하는 것 자체가 스테이터스라서 평가가 높아져. 거금을 들여서라도 참가하고 싶어 하는 녀석들은 많아. 타깃은 몰락한 명가야. 돈이 궁해서 옛 영광을 돈으로 바꾸고 있어.』

『우와, 귀족의 긍지를 파는 녀석이나, 그걸 돈으로 살 수 있다고 여기는 녀석이나, 둘 다 문제야.』

원래 대귀족이었던지라 디아는 그런 것을 혐오했다.

돈이 있어도 품위나 전통은 살 수 없다.

그래서 졸부는 이름 있는 귀족과 인맥이 있다는 사실을 산다.

물론 귀족 사회에서는 몰락 귀족과 인맥이 있어 봤자 웃음거리일 뿐이지만, 졸부 간의 기 싸움에서는 귀족의 내정 따위 어찌 되든 상관없었다. 이름만 있으면 된다.

『또 하나 신경 쓰이는 게 있어요. 어째서 여자가 더 편하다고 하신 건가요?』

『그건 말이지, 파티에 참가하는 부자들이 곱게 자란 예쁜 귀족 영애를 데려다 놓으라고 성화인 모양이야. 귀족 사회에 나쁜 소문이 퍼져 있기에 평범한 귀족은 상대해 주지 않아. 파티에 모이는 건 돈으로 뭐든 살 수 있다고 생각하는 졸부들이니까. 딸을 데려가면 창부 취급을 당할지도 몰라. 그래서 곤란한 타깃이 왕도를 구경하러 온 세상 물정 모르는 예쁜 여자아이 삼인조를 보면 어떻게 생각할까?』

『……속여서 파티에 참가시키려고 하겠지.』

『하지만 저희가 왔다는 걸 알까요?』

『준비는 해 뒀어. 왕도에 마련한 내 눈, 이번 정보를 입수한 남자도 귀족이거든. 이번에 사용한 신분증 주인과 친척이야. 친척 귀족 영애가 친구 두 명을 데리고서 몰래 놀러 온다는 걸 타깃에게 알리라고 했어. 아니나 다를까 덥석 물었지. 앞으로 10분 뒤면 약속 시간이야.』

암살할 때 무엇보다 중요한 것은 준비다.

죽이는 건 한순간이지만, 그 전에 얼마나 준비했느냐에 따라 성패가 갈린다.

나는 타깃의 정보를 철저히 조사하여 온갖 책략을 짰다. 늘 그랬

듯이.

◇

왕도 동쪽에 있는 분수는 유명한 관광 명소라 자주 쓰인다.

왕도에 설치한 내 눈은 여기서 기다리라고 했다.

회중시계를 보니 약속 시간이었다.

슬슬 오겠군.

"루, 벌써 와 있었구나. 그쪽이 친구들이야?"

루는 여장한 내 이름이었다. 금발을 투블럭컷 스타일로 자른 산뜻한 남자가 손을 흔들며 달려왔다.

이 녀석은 로버트. 자작가의 차남.

영웅을 동경하는 내 신도다. ……그리고 로버트 뒤에 타깃이 있었다.

세상 물정 모르는 멍청한 귀족 영애를 속여 파티에 참가시켜서 졸부들의 구경거리로 만들려고 하는 남자였다.

"오랜만이야, 로버트 오빠. 일 때문에 바쁠 텐데 미안해."

"귀여운 사촌 동생을 위해서라면야. 이 두 사람이 친구들?"

"맞아. 둘 다 로버트 오빠를 보고 싶어 했어. 토르테와 티르야."

"처음 뵙겠습니다, 토르테예요. 루한테 얘기 들었어요."

"나는 티르야. 오늘은 잘 부탁해! 왕도 관광, 줄곧 기대했어."

"셋 다 예쁘네. 이 오빠가 잘 안내해 줄게!"

타르트는 토르테, 디아는 티르라고 이름을 밝혔다. 사들인 신분증에 있는 이름이었다.

나와 로버트는 마치 10년을 알고 지낸 사이처럼 정답게 이야기했다.

어딜 어떻게 봐도 사이좋은 남매 같았다.

이렇게 연기하는 것은 로버트 뒤에 있는 타깃이 우리를 믿도록 만들기 위해서였다.

'역시 로버트는 쓸 만해. 연기가 자연스러워. 머리가 좋아서 내 의도를 눈치채고 대화를 잘 이어 줘.'

사이좋은 모습은 이만큼 보여 줬으면 충분하다. ……작업에 들어가자.

"저기, 로버트 오빠. 그쪽에 있는 분은 누구야?"

"아, 미안. 내 친구야. 너희를 사교계에 초대해 줄 왕자님이지. 그런 곳에 가 보고 싶다고 루가 그랬잖아."

"사교계? 정말?!"

졸부들의 요구를 들어주기 위해 귀족 영애가 필요한 타깃의 눈에 안도가 어렸다.

이로써 마침내 졸부들의 요구에 부응할 수 있다면서.

눈앞에 있는 먹이에 눈이 멀어 우리를 의심조차 하지 않았다.

타깃이 입을 열었다.

"그에 관해서는 제가 말씀드리죠. 저는 그랑 프란트루드. 백작가의 가주입니다. 제가 개최하는 사교 파티에 여러분을 꼭 초대하고 싶습니다."

이 시점에 목표는 70% 달성했다.

자, 그럼 속아 넘어가는 시늉을 하자.

"젊은데 굉장하네. 하아, 왕도의 사교계라니…… 샹들리에가 반짝거리는 댄스홀! 아름다운 음악과 우아한 춤…… 아, 미안해요. 그게, 우리 영지는 시골이라 반짝이는 게 없어서 그런 걸 동경하거든요."

"아닙니다. 신경 쓰지 마시길. 이렇게 기뻐해 주시니 저도 초대하는 보람이 있습니다. 원하시는 샹들리에도, 댄스홀도, 아름다운 음악도, 춤을 즐기는 상류 계급 사람들도 전부 파티에 있습니다. 마음껏 즐기십시오."

"고마워요! 후후, 토르테, 티르, 내가 그랬잖아. 역시 멋 부리길 잘했지? 왕자님과 만났어."

"저는 운이 좋군요. 이렇게 아름다운 아가씨들과 만났으니까요."

상냥하게 미소 지었다.

타깃의 정보를 다시금 떠올렸다.

그랑 프란트루드 백작. 20대 중반이지만, 그가 말한 대로 이미 프란트루드 백작가의 가주다.

내가 마족과 싸운 날 우연히 그 자리에 있었기에 증인으로 뽑혔다.

오로지 그 이유만으로 뽑힌 것은 아니었다. 그는 가문을 다시 일으키기 위해서라면 뭐든 하는 남자였다. 그래서 흑막은 돈을 주면 어떻게든 되리라고 판단했다.

프란트루드 백작가는 선대 가주가 무능한 탓에 가세가 기울었다.

선대 가주는 미술품 수집에 빠져서 마구 낭비하고, 그런 주제에 영지를 조금씩 내다 팔아 자금을 마련한 탓에 수입은 계속해서 줄었다.

그대로 갔다면 집안이 망했을 것이다.

그래서 그는 아버지를 죽이고 직접 가주가 되어 가문을 구하기로 결심했고…… 실행했다.

그 후에는 아버지가 모은 미술품을 팔아 재정을 다시 세우려고 했지만, 미술품 대부분이 위작으로 감정되어 돈이 되지 않아서 빚의 이자조차 갚을 수 없었다.

그래서 그는 프란트루드 백작가의 이름을 이용해 졸부들에게 빌붙기로 했다.

개인적으로는 싫지 않았다.

각오와 실행력이 있고, 하는 일은 합리적이었다.

그는 지저분한 방식을 썼다. 하지만 그 방법밖에 없었다는 것도 이해한다. 무엇보다 프란트루드 가문을 존속시켰고 빚도 줄어들고 있었다. 결과만 보면 그는 옳았다.

"토르테, 티르, 너희도 고맙다고 인사해. 왕도에서 열리는 파티에 참가하고 싶지?"

"감사합니다."

"와~ 왕도에서 열리는 파티, 기쁘다~."

디아의 연기가 약간 어색했지만 허용 범위 내였다.

프란트루드 백작은 웃으며 우리를 의심하지 않았다.

그의 눈에서 미처 숨기지 못한 감정이 보였다.

……『벼락출세한 시골뜨기 주제에, 속고 있는 줄도 모르고』라고 생각하며 업신여기고 있을 것이다.

그는 진짜 속고 있는 사람이 누구인지 모른다.

가장 속이기 쉬운 상대는 자신이 남을 속이고 있다고 생각하는 상대다. 깔보고 있기에 빈틈이 생긴다.

그렇게 나는 프란트루드 백작과 잡담하며 속을 떠보았다.

그러면서 새로운 발견이 있었다.

지금 내 모습은 프란트루드 백작의 취향인 듯했다.

추잡한 눈길을 내게 집중적으로 보내고 있었다. 뭐, 그렇게 되도록 로버트에게 그의 취향을 물어보고 이 모습을 만들었으니 당연했다.

머리 색도, 머리 모양도, 복장도, 어조도, 동작도, 향기도, 화제도 그의 취향이었다.

귀족 계급은 높지만 친구들보다 돈이 없는 것이 콤플렉스라 허세를 부린다. 그가 쉽게 공감할 그런 설정을 내비치는 것도 잊지 않았다.

그렇게 잡담하며 새로 얻은 정보를 토대로 연기를 미조정하여 더욱 그의 취향에 맞는 여자로 수정해 나갔다.

'얘기해 보니 이 녀석이 어떤 남자인지 잘 알겠어.'

이 남자는 존경받고 싶어 한다.

정통 귀족들에게는 귀족의 긍지를 판 어리석은 자라며 무시당하고, 졸부들에게는 좋을 대로 이용당하면서도 비위를 맞춰야 했다.

어떤 수단을 써서라도 망해 가는 집안을 다시 세우려고 피나게 노력하고 있는데 한 식구로부터도 반감을 사는 형편이었다. 그는 누구에게도 인정받지 못하여 고뇌하고 있었다.

그런 가운데 세상 물정 모르는 귀족 영애가 보내는 선망은 필시 기분 좋을 것이다. 빈말 하나에도 기뻐했다.

좀 더 부추기면 방에 데려가려고 할 것이다.

밀실에서 단둘이 되면 이 남자를 완벽한 꼭두각시로 만들 수 있다.

"그럼 아가씨들. 마차에 타시죠. 제 저택으로 안내하겠습니다. 아 참, 왕도에 관광차 온 거였죠. 조금 돌아가기로 할까요."

"어머, 근사해라. 배려심이 아주 깊으시네요. 왕도의 신사는 다들 이런가? 내가 아는 남자들과는 분위기가 전혀 달라."

"하하하, 다들 이렇지는 않지만, 적어도 저는 여성에 대한 배려를 잊은 적이 없습니다."

더 기분이 좋아졌다.

그렇군. 그저 단순히 칭찬하는 게 아니라 남들보다 뛰어나다고 하면 좋아하는 건가.

콤플렉스의 반작용일 것이다. 이 녀석이 기뻐할 말은 얼마든지 내뱉을 수 있다.

졸부들과는 기품이 다르다, 이름만 대단한 게 아닌 진짜 귀족이다, 등등.

평소 이 녀석을 무시하는 무리와 비교하며 계속 칭찬하자.

"프란트루드 님, 파티에서 같이 춤춰 주시겠어요? 당신과 춤추고 싶어."

"적극적인 아가씨군요. 저로 괜찮으시다면 좋습니다."

마차에 탈 때 그는 내게만 손을 내밀어 에스코트했고 다른 두 명은 부하에게 맡겼다.

1단계는 성공이다.

초면에 좋은 인상을 주면서 타르트와 디아에게는 손대지 못하게 하겠다.

모두 올라타자 마차가 출발했다.

재미있는 상황이다. 거짓말쟁이끼리 서로 상대를 속이고 있다고 생각 중이었다.

속고 속이는 싸움은 머지않아 결판이 날 것이다.

한나절쯤 지나면 누가 가장 거짓말쟁이인지 명백해지리라.

프란트루드 백작의 왕도 관광 안내는 아주 좋았다.

왕도의 좋은 점을 다 꿰고 있었고, 화술이 좋고, 배려를 잘했다. 행동거지도 멋있었다.

실로 귀족다운 귀족이었다.

여성에게 인기가 많을 타입이다. 다만 문제는 밑바탕에 있는 선민의식이 얼핏얼핏 보인다는 점이었다.

흔한 귀족 지상주의자였다.

귀족 사회에서의 악평 때문에 귀족 여자들은 다가오지 않고, 자존심 때문에 일반 여성에게는 손을 대지 않았다.

그렇기에 고독하며 칭찬에 굶주려 있었다.

아주 다루기 쉬웠다.

마음의 틈새를 얼마든지 파고들 수 있었다.

"루, 왕도는 마음에 드셨습니까?"

"아주 좋은 곳이네요. 언젠가 살아 보고 싶어."

"그럼 저와 함께 살겠습니까?"

"후후, 선수네."

피하는 듯한 말을 하면서도 뺨을 붉히고 동경하는 시선을 보냈다.
이런 동작이 이 남자의 심금을 울린다는 것을 알기 때문이다.
살며시 손을 맞잡고 마주 보았다.
"루는 근사한 여성입니다. 농담으로 한 말이었는데 진심이 될 것 같습니다."
"어머, 역시 진심이 아니었구나. 백작님, 너무해."
우리는 수줍어하며 웃었다.
순정 만화 같은 풋풋한 분위기가 흘렀다.
시선을 느끼고 돌아보니 타르트와 디아의 눈이 싸늘했다.
……딱히 나도 좋아서 이러는 건 아니기에 그렇게 쳐다봐도 곤란할 따름이다.
그렇게 마차는 프란트루드 백작의 저택으로 향했다.

◇

프란트루드 백작의 저택에 도착하고 깜짝 놀랐다.
과연 옛 명문가.
왕도에 이만한 저택을 마련할 수 있는 귀족은 흔치 않다.
돈을 많이 들인 집은 얼마든지 있지만, 이곳에는 역사와 전통의 무게가 있었다.
프란트루드 백작가에 남은 최후의 재산이었다. 만약 프란트루드 백작이 아버지를 죽이고 온갖 수단을 써서 집안을 다시 일으키려고 하지 않았다면 이 저택은 진작 다른 사람에게 넘어갔을 것이다.

저택을 절찬했다.

저택은 프란트루드로서의 긍지였다. 이곳을 칭찬하는 것은 그를 칭찬하는 것과 같았다.

"이 저택은 프란트루드 백작가의 역사 그 자체입니다. 저는 무슨 수를 써서라도 이곳을 지킬 겁니다. ……누가 뒤에서 손가락질하든 말이죠."

내 접대에 아주 신이 났는지 본심이 나왔다.

나를 함정에 빠뜨리기 위한 위증도 이 저택을 지키기 위해서일 것이다.

"무슨 수를 써서라도 지키겠다니 뒤숭숭하네. 무슨 뜻이에요?"

"하하, 재미없는 이야기입니다. 그보다 곧 있으면 파티가 시작될 겁니다. 방을 빌려드릴 테니 그때까지 쉬고 계십시오."

"그러도록 할게요. 파티에서 봐요."

나는 미소 짓고서 빌린 방으로 이동했다.

◇

방에 들어가자마자 먼저 방 안을 체크했다.

밖에서 목소리를 들을 수 있는 장치가 있는지를 꼼꼼히 확인했다.

벽을 두드려 두께를 파악하고 소리가 새지 않음을 확인한 후, 타르트와 디아에게 평소대로 말해도 된다고 허락했다.

"질겁했어. 남자를 그렇게 간단히 농락하다니. 여자로서 자신감이 사라질 것 같아."

"그렇게 대하면 누구든 반할 거예요."

"……필요한 일이라서 했을 뿐이야."

직접 말로 꺼내지는 않았지만, 디아와 타르트의 눈에 의심이 담겨 있었기에 말해 뒀다.

"알아. 하지만 조금 무서워졌어. 그렇게 간단히 남자를 농락할 수 있다는 건, 우리도……."

말하려다가 그만둔 뒷말이 무엇일지는 뻔했다. 『연기로 좋아하게 만들 수 있었던 거네.』

확실히 나는 여성을 함락하는 기술을 가지고 있다. 여장하여 남자를 유혹하는 것보다 훨씬 쉽다.

"타르트와 디아 앞에서는 연기하고 있지 않아. 나는 두 사람과 쭉 함께 있고 싶어. 연기나 기술로 호감을 얻어도 의미가 없지. 피곤하고, 오래 안 가. 본연의 모습을 보여도 서로 좋아할 수 있기에 의미가 있는 거야. 우리는 그런 관계잖아?"

다시 안 볼 사이라면 타르트와 디아가 지금보다 더 날 좋아하도록 연기할 수 있다.

하지만 그렇게 꾸며야만 하는 거짓된 관계는 언젠가 반드시 파탄 난다.

"아하하, 그렇구나. 응, 다행이야. 나는 지금의 루그를 사랑해."

"저도요. 에헤헤, 쭉 함께 있고 싶으니까 꾸미지 않는다니 멋져요."

"둘 다 고마워."

"갑자기 웬 감사?"

"아니, 특별히 이유는 없어. 그냥 말하고 싶었어."

"이상한 루그 님."

이 감사는 나를 있는 그대로 좋아해 준 것에 대한 감사였다.

……쑥스러우니까 설명하진 않을 거지만.

"자, 파티가 시작될 거야. 둘 다 이리 와. 화장을 고치자."

"맡길게. ……있지, 다음에 화장 가르쳐 줘."

"저도 배우고 싶어요. 저희는 물론이고 어머님보다도 루그 님이 화장을 더 잘해요."

"그래, 좋아. 변장에도 쓸 수 있는 기술이야."

"앗싸. 후후후, 루그가 더 미인인 건 분하니까!"

그런 이유인가.

내가 보기에는 여장한 내 모습보다 디아가 훨씬 미인인데.

"킁킁. 아까부터 신경 쓰였는데 루그한테서 달콤한 냄새가 나. 이거 오르나의 신작 향수야? 그다지 좋진 않은 것 같아."

"저도 신경 쓰였어요. 어디선가 맡아 본 냄새가 나요. 디아 님의 말대로 달콤한 냄새지만 매력적이라는 생각은 안 들어요. 오르나의 향수는 전부 근사한데, 왜 이걸 쓰셨나요?"

둘 다 혹평했지만 그것도 당연했다.

이건 여성 상대로는 의미가 없고, 상대가 남성일 시에 어마어마한 효과를 발휘하니까.

"물론 가장 효과적인 물건이기 때문이야. 타르트가 【야수화】할 때 부작용으로 남자를 끌어들이는 페로몬을 흘리잖아. 그걸 채취해서 만들었어. 여성을 불쾌하게 만들지만 남성이 맡으면 욕정을 일으켜."

【야수화】한 타르트의 페로몬은 정신을 완전히 제어할 수 있는 암살자조차 이상하게 만들 만큼 강렬하다.

미약이나 사랑의 묘약 같은 것은 여럿 있지만 이것만큼 강력한 것은 없다.

그렇기에 만약을 대비해서 원재료를 확보해 뒀었다.

"역시 루그 너무 진심이잖아! 그렇게까지 해서 남자를 함락하려고 하다니!"

"루, 루그 님이 제 냄새를 묻히고 계시다니 창피해요. 으으으으, 너무해요. 루그 님."

두 사람의 태도는 정반대였지만 둘 다 나를 비난하고 있었다.

이런. 밝히지 말 걸 그랬나.

"어쨌든 파티 시간이야. 이동하자."

나는 쓴웃음을 지으며 억지로 대화를 중단하고 파티장으로 향했다.

◇

몇 시간 전부터 시작된 파티도 클라이맥스에 들어섰다.

【초회복】을 가지고 있음에도 불구하고 상당히 피로했다.

손님들이 너무 안 좋았다.

돈으로 뭐든 살 수 있다고 생각하는 졸부들뿐이었고, 그 생각을 숨기려 들지도 않았다.

물론 졸부라서 품성이 천박한 것은 아니었다.

그저 단순히 이런 파티에 오는, 돈으로 긍지도 품격도 살 수 있다고 생각하는 무리에게 문제가 있을 뿐이었다.

그리고 손님들이 바보라서 파티도 허술했다. 가짜 파티, 싸구려 파티였다.

이를테면 배경 음악을 연주하는 오케스트라는 이류였다. 차려진 요리는 고급 식자재……처럼 보이는 가짜를 썼다. 비싼 카스피아 알인 척 심해어인 마로루의 알을 쓴 것은 시작에 불과했다. 와인은 병만 빈티지고 안에는 흔한 싸구려 술이 들어 있었다. 얼핏 보면 고급품들이 모여 있는 것 같지만 전부 모조품이었다.

"으으으, 이렇게 지독한 파티는 처음이야."

"아하하, 조금, 그게, 그러네요."

넌더리를 내는 디아와 타르트는 한계가 가까웠다.

서슴없이 보내는 추잡한 시선들을 받았고, 성희롱 발언을 들었고, 돈을 줄 테니까 같이 자자고 하는 녀석까지 있었다.

디아와 타르트가 쉴 수 있게 홀 구석으로 대피했다.

그리고 홀을 바라보다가 졸부들을 상대하던 프란트루드 백작과 눈이 마주쳤다. 백작이 이쪽으로 왔다.

"루, 기다리게 했군요. 약속한 대로 저와 춤춰 주시겠습니까?"

"네, 기꺼이."

디아와 타르트에게 여기서 기다리라고 눈짓하고 나는 백작의 손을 잡고서 홀 중앙으로 이동했다.

"죄송합니다. 설마 저치들이 이렇게나 폭주할 줄은 몰랐습니다. 루에게도 친구분들에게도 불쾌한 경험을 하게 했군요."

"백작님이 미안해하지 않아도 돼요. 잘못한 건 저 사람들이니까. 하지만 백작님은 저 사람들과 다르게 신사인 것 같아. 당신과 춤추니까 마음까지 춤을 춰."

"그렇게 말씀해 주시니 마음이 한결 낫습니다. ……정말이지 졸부 돼지들은 구제 불능입니다. 저 녀석들을 이용해야만 하는 저도……. 하하, 죄송합니다. 어째선지 루 앞에서는 본심과 나약한 소리를 흘리게 됩니다. 이런 얘기는 누구에게도 한 적이 없었는데."

프란트루드 백작은 자존심이 높아서 남에게 약한 모습을 보이지 못한다. 하지만 동시에 누군가가 자신의 약한 소리를 들어 주길 간절히 바랐다.

그래서 눈앞에 모든 것을 받아들여 주는 인간이 나타나면 간단히 본심조차 털어놓는다.

남자를 유혹하는 향수, 내 화술, 그의 취향을 반영한 외양, 음성, 자신을 매력적으로 보이게 하는 행동거지, 아까 술에 탄 약, 그 모든 것이 마음의 갑옷을 깨부쉈다.

"강한 사람이네."

"……제가 말입니까? 그렇게 말해 주는 사람은 처음입니다."

"저는 본심을 말했을 뿐이에요. 당신에게서는 강한 의지가 느껴져. 그런 사람은 싫지 않아. 당신이 하고 있는 일은 분명 나쁜 일이겠지. ……하지만 소중한 걸 지키기 위해 손을 더럽히는 건 아주 어렵고 존귀한 일이라고 생각해요."

"눈물이 날 것 같네요. 저는 틀리지 않았다는 말을 듣고 싶었던 걸지도 모릅니다."

백작이 미소 지었다.

그 후로도 춤은 이어졌다.

곡이 끝나서 손을 놓자 백작은 아쉬운 듯 내 손을 바라보며 뭔가를 말하려고 했다.

그때, 돼지……가 아니라, 졸부 한 명이 달려왔다.

그 돼지는 프란트루드 백작을 밀치고서 강제로 내 손을 잡고 쓰다듬었다.

"다음은 나랑 춤춰라! 평소에는 영 변변찮더니 좋은 여자를 불렀잖아? 매끈매끈하군. 이게 귀족의 손인가. 역시 서민과는 달라. 비싼 돈을 낸 보람이 있었어."

……조금 소름이 돋았다.

귀족은 특별하게 취급된다.

실제로 마력을 가지고 있어서 능력은 평범한 인간을 초월했다.

또한 외모도 뛰어난 이가 많았다. 「강해지고 싶다, 아름다워지고 싶다」 같은 무의식적인 소망이 마력으로 실현되는 것 아닐까 하는 일설도 있었다.

그리고 일부 부자는 그런 특별한 존재를 자기 마음대로 다룸으로써 희열을 느꼈다.

마력을 가진 귀족을 돈의 힘으로 지배할 수 있는 자신은 더 특별한 존재라는 생각이 들기 때문이다.

귀족 영애를 파티에 부르라고 졸부들이 아우성친 목적도 그것이었다.

"샤르트뢰 공, 영애가 곤혹스러워하고 있습니다. 조금 더 신사적으로."

"내게 충고하려는 건가? 프란트루드 백작."

내가 싫어하는 모습을 보고 말리려고 했던 프란트루드 백작이 입을 다물었다.

그렇군. 큰손 중 한 명인가.

그럼 여기서 한바탕 연기를 펼치기로 할까.

이런 더러운 기분을 느낀 만큼 본전은 뽑아야 한다.

먼저 프란트루드 백작을 보았다. 겁을 먹어 도움을 구하는 형태로. 그러자 백작은 매달리듯 나를 보았다.

그 표정이 말하고 있었다. 부디 이 남자와 춤춰 달라고.

나는 일순 절망한 표정을 지었다가 결의를 담아 고개를 끄덕였다.

일련의 연기는 『괴롭지만 당신을 위해서라면 힘낼게요』라는, 사랑에 빠진 소녀의 자기희생을 연출한 것이었다.

"그, 그럼 한 곡 부탁드려요. 아저씨."

"목소리도 귀엽군. 내가 하나하나 친절히 가르쳐 주지."

그렇게 지옥 같은 춤을 춰야 했다.

얼굴이 가까운 데다가 엉덩이를 마구 더듬거렸다.

……이렇게나 불쾌한 춤은 루그로 살면서 처음이었다. 전생에는 더 비참한 경험도 했는데 이토록 괴롭게 느껴지는 것은 지금의 내가 도구가 아닌 인간이 되었기 때문이리라.

인간다워진 것에도 폐해는 있는 모양이다.

◇

어찌어찌 파티가 끝났다.

인생 최악의 파티였다.

아까 그 졸부놈은 춤이 끝나자 자기 애인이 되라고 했다.

너무 끈질겨서 거절하느라 고생했다.

그것뿐이라면 참을 수 있었다. 하지만 녀석은 디아와 타르트에게도 더러운 시선과 말을 건넸다.

용서할 수 없다. 그는 대가를 치를 것이다.

내가 그를 알고 있다는 것을 그는 모른다. 녀석은 오르나의 거래처 상회의 주인이었다. 망해 가던 상회였지만 우연히 오르나 덕을 보면서 급성장했다. 수입 대부분을 오르나에 의존하고 있었다.

마음만 먹으면 나는 언제든 그를 파산시킬 수 있고, 그렇게 한다고 오르나가 타격을 받지도 않았다. 대체할 곳은 얼마든지 있다.

파티가 끝난 후, 타르트와 디아는 프란트루드 백작에게 빌린 방으로 보냈다.

나는 프란트루드 백작의 제안으로 베란다에 나와서 단둘이 유리잔을 기울이고 건배했다.

"아까는 죄송했습니다. 저 때문에 그딴 녀석과 춤추게 하고."

첫마디는 사죄였다.

그는 완전히 내게 반했다.

마지막에 있었던 일이 결정타가 된 모양이다.

"아니에요. 거절하지 않은 건 내 의지예요. 당신이 곤란해지는 게 싫었으니까."

프란트루드 백작의 눈이 촉촉해졌다.

"……저는, 반드시 여기서 벗어날 겁니다. 거의 다 왔어요. 곧 있으면 그딴 녀석들과 인연을 끊을 수 있습니다. 루에게만 말하겠습니다. 프란트루드 백작가는 파산 직전입니다. 그딴 녀석들을 이용해서 돈을 모아야만 했어요. 하지만 곧 있으면 목돈이 들어옵니다. 무능한 아버지가 만든 빚이 마침내 사라집니다. 그러면 다시는 그딴 놈들이 마음대로 굴게 두지 않을 겁니다."

프란트루드 백작의 눈에 열이 담겨 있었다.

그는 취했다.

술에.

내가 만든 루라는 이상적인 여성에게.

타르트의 페로몬을 이용한 향수에.

술에 섞은 약에.

새로 싹튼 사랑에.

……무엇보다 자기 자신에게.

"그러니 저와 함께해 주십시오! 내게는 루가 필요합니다. 루뿐입니다. 루만이 저를 이해해 줬습니다. 저를 위해 몸을 던져 줬습니다. 그런 루와 함께하고 싶습니다."

"갑자기, 그런 말을 해도 곤란해요."

"제가 생각하기에도 정상은 아닙니다. 하지만 정말로 루를 원합니다. 돈이 들어오면 저는 루를 지킬 수 있습니다. 루를 행복하게 만들 수 있습니다!"

"……그게, 하룻밤 시간을 주세요. 제대로 생각해 보고 싶어."

"그럼 내일 아침에 대답을 들려주시겠습니까? 제가 방으로 가겠습니다."

"응, 그때까지 답을 내겠다고 약속할게요. 다만 하나 말해 두고 싶은 게 있어요."

나는 거기서 말을 끊고 뺨에 키스했다.

프란트루드 백작은 멍한 얼굴로 키스받은 뺨에 손을 올렸다.

"당신을 좋아해. 첫눈에 반했어. 이렇게 멋있는 사람은 또 없을 거라고 생각해. 하지만, 역시 우리는 귀족이라 감정만으로 사랑할 순 없어."

그렇게 말하고 방으로 달려갔다.

이로써 녀석은 나를 잊지 못한다.

이렇게 다소 장애물을 준비하면 사랑과 독점욕은 더 커진다.

녀석의 마음은 루에게 사로잡혔다.

이제 루가 할 일은 끝났다.

내일 아침 녀석이 방에 오면 루는 없고, 대신 루그 투아하데가 루의 목숨을 교섭 재료로 삼아 설득할 테니까.

사랑하는 루의 목숨이 걸려 있다면 흑막도 간단히 배신할 것이다.

자, 방에 돌아가서 마무리하자.

흑막을 파멸시킬 수를 준비한다. 이렇게 귀찮고 불쾌한 경험을 하게 한 대가는 성대하게 치러 줘야겠다.

프란트루드 백작의 마음을 계획대로 사로잡았다.

전생의 나였다면 아무런 감흥도 없이 담담히 수행했겠지만 이번엔 상당히 고통스러웠다.

서로를 위해 성공해서 다행이다.

미인계가 확실하게 성공하리라고 여길 만큼 낙관적인 성격은 아니라서 백업 플랜을 준비해 뒀었다. 미인계와 비교하면 훨씬 악랄한 계획이었다.

그리고 지금은 방에서 그를 기다리고 있었다.

루라는 귀족 영애의 가면을 벗고 루그 투아하데로서.

문이 벌컥 열렸다. 품위 있는 귀족은 절대 하지 않을 예의 없는 짓이었다.

어지간히 루의 대답이 기대됐던 모양이다.

"루의 대답을 들려주십시오!"

상기된 얼굴로 희망에 차 말했다.

그 손에는 아름다운 꽃다발이 있었다.

"미안. 네가 사랑하는 여자는 여기 없어."

차갑게 현실을 고했다.

"어떻게 내 저택에 들어왔지?!"

"시끄럽게 굴지 않는 게 좋을 텐데……. 난리 피우면 여자를 죽이겠어."

멍해진 프란트루드 백작의 뒤로 돌아가 문을 닫고 그의 등을 밀자 비틀거리며 내가 준비한 의자에 주저앉았다.

"대체 너는 누구냐?!"

"누군지 모르다니 섭섭하네. 네가 함정에 빠뜨리려고 하는 상대야."

녀석은 말을 잇지 못하고 시선을 돌렸다.

"어떻게?"

"어떻게라니? 어떻게 왕도에서 꾸미는 일을 내가 눈치챘냐는 건가? 어떻게 먼 변경인 투아하데에 있을 터인 내가 여기 있냐는 건가? 어떻게 거짓 증언을 할 사람이 너인지 알아냈냐는 건가? 아니면 어떻게 루라는 소녀와 네가 사랑을 키우고 있다는 걸 아냐고 묻는 건가?"

교섭을 유리하게 진행하기 위해 내가 뭐든 알고 있다고 여기게 했다.

실제로 웬만한 건 알고 있지만.

프란트루드 백작의 얼굴은 창백했다.

"얘기를 나누자. 가능하다면 신사적으로 굴고 싶어. 하지만…… 이번 일에는 꽤나 화가 나서 말이지. 네 태도에 따라 내가 무슨 짓을 할지 몰라."

그렇게 말하면서 목걸이를 던졌다.

어제 내가 루로서 착용했던 목걸이였다. 강하게 인상에 남도록 어머니의 유품이라고 말해 뒀다.

"이, 이건, 루의."

"맞아. 교섭 재료로 쓸 수 있을 것 같아서 납치했어."

"웃기지 마! 루는 이 일과 상관없어!"

"상관없지는 않지. 네 애인이니까. ……어리석은 애인 때문에 목숨이 위험해지다니. 정말 불쌍한 아이야. 동정해."

"루는 내 애인이 아니야!"

"……거짓말하지 마. 부하에게 납치당할 때 네 이름을 불렀다던데. 무엇보다 동요를 감추지 못하고 있어."

"내, 내가 루 때문에 뜻을 굽히는 일은 없을 거다. 나는 프란트루드 가문을 위해 아버지조차 죽였어. 사랑하는 여자 한둘쯤은 버릴 수 있어."

머리는 나쁘지 않은 것 같다.

인질을 잡혔을 때 가장 효과적인 것은 인질에게 가치가 없다고 여기게 하는 것이다.

가치가 있으면 상대는 이용하려고 하니까.

다만 연기가 형편없었다. 이런 수라장을 경험한 적은 없을 것이다.

반면 나는 이런 자를 상대한 경험이 그런대로 있었다.

「설득」은 쉽다.

"그렇군. 그럼 오늘은 물러나지. 내일은 그 여자의 손가락을 선물로 보내기로 할까. 그래, 여자가 무사한지 궁금할 테지. 잘린 손가락에서 떨어지는 피로 편지를 쓰게 할까? 손가락이 없어질 때까지 매일 보낼게."

귓가로 얼굴을 가져가 속삭였다.

진짜 살의를 담아서.

아무리 센 척해도 그의 일상은 죽음과 동떨어져 있었다.

처음으로 접한 냉담한 세계와 진짜 암살자가 보내는 살의.

그의 허세를 벗겨 내기에는 충분했다.

"자, 잠깐 기다려. 루는 무사한 거겠지?"

"그래. 네가 이상한 짓을 하지 않는다면 정중히 대하겠다고 약속하겠어."

"목적이 뭐지? 내게 대체 뭘 시키려는 거야?"

"호오, 제대로 알고 있잖아."

박수를 보내고 싶다.

공포에 질려 이를 딱딱 부딪치면서도 사고가 정지되지는 않았다.

자신을 죽이지 않고 교섭하는 것을 보면 목적은 보복이 아니라는 것을 확실하게 알고 있었다.

내게 덤벼들거나 사람을 부르지 않는 것도 정답이었다. 용사 수준의 괴물을 제압할 수 없다는 것을 알고 있었다.

"재판에서 증언할 때 내가 준비한 각본을 읽어. 그러면 여자는 돌려주겠어."

종이를 휙 던졌다.

거기 적혀 있는 내용을 보고 백작이 진땀을 줄줄 흘렸다.

"카로나라이 후작을 배신하라고? 못 해! 후작은 내 은인이야."

"……은인이라."

종이에는 카로나라이 후작이 돈을 주고 협박하며 거짓 증언을 시켰음을 고발하라고 적혀 있었다.

이번 흑막은 카로나라이 후작이었다. 내게 죄를 뒤집어씌우려고 하는 사람이 그였다.

"이런 발언을 하면 나는 파멸해. 카로나라이 후작이 보복할 거야. ……후작은 절대 나를 용서하지 않아."

"아아, 그건 괜찮아. 나 대신 카로나라이 후작이 감옥에 들어갈 거니까."

다른 자료를 던졌다.

거기에는 실제로 피해자가 살해당한 장소에 관한 정보와 증거, 카로나라이 후작이 자기 사람에게 시체 운반을 지시한 흔적이 담겨 있었다.

……실은 일부 진실을 각색한 가짜 자료였다. 틀린 부분은 거의 없지만 아직 필요한 정보가 부족했다.

그래도 공포와 긴장으로 시야가 좁아진 남자를 속이기에는 충분했다.

지금은 이거면 된다.

이 순간에도 전국의 첩보원들이 이 자료를 완벽하게 만들기 위해 움직이고 있었다. 재판이 시작되기 전까지 질은 더욱 올라간다.

하지만 자료가 완벽해져도 카로나라이 후작을 궁지에 몰기에는 한 걸음 부족했다. 그 한 걸음을 채우기 위해 이 남자가 필요했다.

"이럴 수가, 어떻게, 이렇게까지, 말도 안 돼. 이 계획이 시작된 지 불과 며칠 만에. 어떻게, 이만큼이나 정보와 증거를 모아서 나한테 온 거지? 계산이 안 맞아!"

"그거 몰라? 【성기사】는 여신에게 선택받은 자야. 머리말에서 여신이 가르쳐 줬어. 세계의 구제를 방해하는 자가 나타났다고 말이야. 그리고 깨어나니 왕도에 있었지."

웃음이 날 만큼 하찮은 거짓말이었다.

하지만 압도적인 정보 전달 속도와 이동 속도, 말도 안 되는 이 두 가지 속도는 신의 조화라고 생각할 수밖에 없었다.

게다가 나는 예전부터 【마족 살해】 술식을 전 세계에 보급할 때 여신의 신탁이라는 말을 편리하게 이용했다.

【성기사】 루그 투아하데가 여신의 목소리를 들을 수 있다는 것은 귀족이라면 다 아는 이야기였다.

"여신이 말했어. 세계의 구제를 방해하는 자들은 앞으로 아무런 축복도 못 받아. ……네 인생은 끝난 거 아닐까?"

"나는, 나는, 그럴 생각이 아니었어. 세계의 구제를 방해할 생각은 없었어. 여신에게 버려질 거라고는 생각하지 못해서, 그래서……."

"네 의도가 뭐였는지는 상관없어. 실제로 여신에게 선택받아 세계를 구하는 나를 방해했지."

백작이 의자에서 주르륵 미끄러졌다.

이 정도면 채찍질은 충분한가.

설득의 기본은 당근과 채찍이다.

호되게 채찍질을 했으니 이제 당근을 줘야 한다.

"하지만 살아날 방법이 딱 하나 있어. 내가 말한 대로 증언하는 거야. 아직 만회할 수 있어. 오히려 내게 협력하면 세계를 구하는 걸 돕는 게 돼. 여신님도 기뻐하겠지. 앞으로의 인생을 여신이 축복해 줄지도 몰라."

"내 도움이 세계를 구한다고? 하지만, 내게는 돈이, 돈이 필요해. 카로나라이 후작이 붙잡히면, 내 돈벌이는."

"돈이라면 여기 있어. 협력한다면 줄게."

나는【두루미 혁낭】에서 금화가 가득 든 자루를 꺼내 그의 손에 쥐여 줬다.

이 나라에서는 이미 지폐가 쓰이기 시작했지만 타국과 거래할 때는 여전히 금화가 현역이었고, 국내에서도 아직 쓰였다.

지폐가 아니라 금화를 준 것은 그의 마음을 지배하기 위해서였다. 금화의 무게와 소리와 반짝임은 사람의 마음을 흔든다. 종이로는 이렇게 되지 않는다.

백작은 눈빛을 바꾸고서 금화 자루를 열어 안을 확인했다.

그런대로 큰 지출이지만, 통신망이 완성된 지금, 돈 같은 건 얼마든지 벌 수 있다.

"굉장해. 엄청난 양이야."

"좀생이 카로나라이 후작이 약속한 돈의 세 배야. 그걸로 너희 아버지가 만든 빚을 갚을 수 있어. 이제 졸부들을 따르지 않아도 돼."

흑막인 카로나라이 후작은 여러 실수를 했다.

계획을 앞당기려고 일을 허술하게 처리했기에 흔적이 여기저기 남아 있었다.

무엇보다 매수에 쓰는 돈을 너무 아꼈다.

가장 중요한 증인 매수에 고작 금화 천 닢만 쓴 인색함과 옹졸함이 녀석의 목을 졸랐다.

"아, 아아아, 아아아."

채찍 후 당근은 무척 효과적이었던 모양이다.

조금만 더 하면 그의 마음은 완전히 꺾인다.

교섭의 기본은 당근과 채찍이지만, 일류는 여기에 비법 재료를 더한다.

"그 돈으로 자유를 손에 넣어. 그리고 이번에는 너를 속이고 착취한 카로나라이 후작에게 한 방 먹여 주자고."

"그 사람이 나를 속였다고? 무슨 말이지?"

"설마 몰랐어?"

어이없어하며 어깨를 으쓱였다.

"카로나라이 후작이 미술품을 사 주고 졸부들을 소개해 줘서 고마워하는 것 같은데."

"마, 맞아. 그때 미술품을 사 주지 않았다면…… 졸부들을 소개해 주지 않았다면 프란트루드 백작가는 진작에 끝장났을 거야."

연기가 아니었다. 이 녀석은 정말로 카로나라이 후작을 은인으로 여기고 있는 것 같았다.

이건 걸작이군.

"……어수룩한 것도 유분수지. 너희 아버지가 모은 미술품에는 가짜도 있었어. 하지만 90%는 진짜였어. 남은 10%도 진짜에 버금가는 위작이라 가치가 있었어."

"거짓말이야! 감정사를 불러서 확인했어."

"그 감정사가 카로나라이 후작과 한패였어. 재미있는 걸 보여 주지. 네가 카로나라이 후작에게 판 미술품이 어디로 갔는지 목록으로 만들었어. 예를 들어 갈라티아의 목걸이는 드라이라 남작가에 있고. 플래트라의 항아리는 마르이다 자작에게, 팔랑 플루루가 그린 풍경화는 거상 발로르에게, 전부 카로나라이 후작이 비싸게 팔았어. 내 말을 못 믿겠다면 직접 눈으로 확인해 봐. 목록 안에 아는 사람이 한두 명은 있잖아? 저택에 찾아가서 보여 달라고 해. 비싸게 샀다고 으스대며 자랑할걸."

"그럴 리가, 설마, 그런 일이."

"너희 아버지는 어리석었지만 물건 보는 눈은 정확했어. 사 모으는 데 쓴 가격 이상의 가치가 있었어. 그걸 적정 가격으로 팔았다면 빚은커녕 부자가 됐겠지."

전대 백작은 미술품을 진심으로 사랑했다. 그렇기에 초일류 미술품만을 모았다. 영주로서는 삼류였지만 미술품 수집가로서는 일류였다. 위작을 산 것조차 그의 평가를 떨어뜨리지는 않았다. 왜냐하면 전부 진짜보다 완성도가 높으니까. 그는 지식이 아니라 마음과 눈으로 아름다운 것을 골랐다.

"그리고 네가 소개받은 졸부들 말인데, 카로나라이 후작은 녀석들에게 중개료를 받았어. 참 수완도 좋다니까. 프란트루드 가문에는 긍지를 팔게 하고, 자신은 아무것도 잃지 않으면서 돈을 벌고. 요컨대 이용당한 거야. 이걸 용서할 수 있어?"

조사해 보고 웃음이 났었다.

이토록 훌륭하게 속이고 착취하는 경우는 흔히 볼 수 없다.

프란트루드 백작은 머리가 좋지만 세상 물정에 어두웠고 자기 아버지가 어리석다고 믿고 있었다.

그 부분을 간단히 이용당했다.

"……나는, 나는, 무슨 짓을……. 용서 못 해, 용서 못 해!"

"그럼 대가를 치르게 해. 진범이 카로나라이 후작이라는 증거는 여기 있어. 여기에 증언만 하면 카로나라이 후작은 파멸이야. 그리고 재판이 끝나면 이 돈으로 다시 태어나면 돼. 돌아온 루와 함께."

"원수를 갚고, 돈과 루가 내 것, 아, 아아, 너무나도, 너무나도."

"세계를 구하는 걸 도운 너와 루에게는 분명 여신이 축복을 내리겠지."

마른침을 꼴깍 삼키는 소리가 들렸고 프란트루드 백작이 금화 자루를 끌어안았다.

공포에서 해방된 그는 최고의 미래만을 보고 있었다.

교섭의 기본은 당근과 채찍…… 거기에 나는 복수심을 추가했다.

프란트루드 백작은 이제 내 꼭두각시다. 내 생각대로 춤출 것이다.

이로써 왕도에서 할 일은 끝났다.

냉큼 투아하데로 돌아가자.

그리고 전 세계의 눈과 발을 이용해 카로나라이 후작을 궁지에 몰고, 재판 당일 천연덕스러운 얼굴로 나를 함정에 빠뜨리려고 하는 녀석을 함정에 빠뜨리는 것이다.

나를 건드린 것을 감옥에서 평생 후회하게 만들어 주겠다.

제10화 암살자는 연행된다

일을 끝냈기에 왕도에서 투아하데로 돌아왔다.

돌아오고 나서도 통신망을 사용해 정보와 증거를 계속 모았다.

그리고 어제 마침내 카로나라이 후작이 진범이라는 자료가 완벽하게 완성됐다.

"어떻게든 안 늦었네."

역시 실시간 통신망은 반칙이다.

전 세계에서 정보를 모으는 경우, 보통은 현지 첩보원에게 지시를 전달하는 데만 며칠이 걸리고, 조사 결과를 받는 데 며칠이 또 걸린다.

게다가 새로운 정보가 판명되면 새로 조사할 대상이 늘어서 추가 지시를 내리는 데 또 며칠이 걸리며 시간이 많이 든다.

정보 전달이 순식간에 이루어지기에 이 짧은 기간에 이만한 자료를 만들 수 있었다.

정보를 지배하는 자가 세계를 제패한다.

과장이 아니라, 이 통신망을 진심으로 활용하면 세계조차 가질 수 있다.

"놀러 왔어!"

방문이 열리며 디아가 들어왔다.

노크하지 않은 것은 예의가 없기 때문이 아니라, 남이 들어오면 안 될 때는 문을 잠그기 때문이었다. 문이 잠겨 있지 않다면 자유롭게 들어와도 된다는 것이 둘이서 정한 규칙이었다.

"……그 얼굴을 보아하니 또 새로운 마법을 만들었나 보네."

디아는 좋은 마법이 완성되면 바로 얼굴에 나타났다.

"응, 맞아. 이번 마법은 굉장해. 자, 빨리 적어 줘. 루그가 적어야 실험할 수 있어."

디아가 의기양양하게 새로운 마법을 이야기했다.

최근 나는 여러모로 바빠서 마법 개발까지 신경 쓰지 못했다.

새로운 마법은 디아에게 의존하고 있었다.

디아에게는 마법에 쓸 수 있을 만한 전생의 기술을 이것저것 가르쳐 줬고, 디아는 그것을 훌륭하게 마법으로 승화해 줬다. 때로는 내게 없는 발상까지 더했다.

디아가 있었기에 태어난 마법이 아주 많았다.

"확실히 재미있네."

"루그의 통신기와 행글라이더를 보고 마법은 꼭 싸움에만 쓰는 게 아니라는 걸 깨달았어. 이 마법이 있으면 편리하겠지?"

"그래, 아주 좋아."

디아의 천재성을 새삼 실감했다.

이 술식의 조합은 상상조차 못 했다.

그리고 이 술식은…… 곧 있으면 왕도에서 재판받을 나를 위해 만든 거다. 그 사실을 굳이 말하지 않는 것은 쑥스럽기 때문이리라.

"크흠! 어어, 재판 대책은 순조로워? 지면 루그가 범죄자가 되어 버리잖아. 그런 건 절대 안 돼."

"일단 보이는 부분은 완벽해. 나머지는 내가 예상하지 못한 카드를 상대가 얼마나 가지고 있느냐에 달렸어."

"힘든 싸움이 될 것 같아?"

"어떻게든 이길 수는 있을 것 같아. 상대가 어떤 패를 준비했든 간에 주장의 근본을 깨뜨렸으니까."

"그렇구나. 다행이야. 하지만 조금 답답해. 이럴 때 나는 힘이 안 되잖아. 요전번에 왕도에서도 그다지 도움이 안 됐고."

미안해하는 디아를 보고 나는 고개를 가로저었다.

"그렇지도 않아. 디아가 발견한 규칙성(룰)이 있었기에 통신기를 만드는 데 쓴 술식을 만들 수 있었어. 왕도에서도 대활약이었잖아."

"난 아무것도 안 한 것 같은데."

"세 명이나 귀족 영애를 데려갈 수 있다고 생각했기에 녀석이 낚인 거야. 두 사람은 훌륭하게 나를 부각시켜 줬어."

"그거, 좀 더 자세히 말해 줘!"

"일부러 디아와 타르트의 매력을 죽이는 화장과 드레스였잖아? 게다가 녀석의 취향도 아니었지. 그건 두 사람을 지키기 위해서였고, 셋이 나란히 있을 때 내 아름다움이 돋보이도록 계산한 거야. 그뿐만이 아니야. 나는 늘 두 사람을 배려하며 지키듯이 굴었어. 그런 여자가 그 남자의 취향이라 포인트를 벌 수 있었어. 사람의 매력은 감성적이고 상대적이야. 자신이 더 돋보이도록 다른 사람을 쓰는 건 기본이야."

미인계를 쓸 때 사용하는 기술 중 하나다.

일부러 타깃의 취향이 아니고 자신보다 급이 떨어지는 여성을 옆에 배치하여 대조되게 함으로써 매력을 부각시킨다.

"그거, 좋아해야 할지 분하게 여겨야 할지 모르겠어! 아무튼 앞으로도 사양 말고 우리한테 부탁해. 루그는 내버려 두면 전부 혼자서 하려고 하더라."

"그런가? 이래 봬도 상당히 너희를 의지하고 있다고 생각하는데."

"더 더 의지해도 돼. 나는 루그의 누나니까."

"지금은 동생이지만 말이지."

"우우~."

뺨을 부풀리는 디아가 귀여워서 쓰게 웃었다.

내가 디아에게 얼마나 도움을 받고 있는지 디아는 모른다.

"나를 데리러 온 사람이 도착한 것 같아. 집 잘 지켜 줘."

창밖을 보니 칠흑색으로 도장된 마차가 저택 앞에 서 있었다.

저 마차를 쓰는 것은 특수한 관리뿐이다.

용의자를 수송하는 관리만이 저 마차를 썼다.

"잘하고 와."

왕도에는 혼자 간다.

연행되는 것이라서 수행원을 데려갈 수 없었다.

그리고 왕도에 도착하면 디아와 타르트가 할 수 있는 일은 거의 없다.

관리를 맞이하기 위해 일어서자 누군가가 방에 뛰쳐 들어왔다.

타르트가 숨을 헐떡이고 있었다.

"저기, 루그 님, 음식을 좀 챙겼어요!"

커다란 바구니를 내밀었다.

바구니 안에서 단내가 났다.

"잘 상하지 않는 달콤한 빵이에요! 제대로 된 밥을 안 줄지도 모른다는 생각이 들어서 구웠어요. 부디 무사하세요."

바구니를 열어 보니 알코올에 절인 과일과 견과류를 듬뿍 넣고 구운 보존용 빵이 있었다.

옛날에 타르트와 서바이벌 훈련을 할 때 보존 식품으로 만들게 했던 것이었다.

그 레시피를 아직도 기억하고 있는 건가.

서바이벌 훈련 때 만들었던 빵을 준비한 것은 살아남길 바라는 기원일지도 모른다.

"고맙게 받을게."

깜빡했지만 이런 것은 필요했다.

나는 용의자로 연행된다.

아직 의심하는 단계이니 보통은 그렇게 심한 일을 당하지 않는다.

하지만 이번에는 보통 상황이 아니었다. 나를 함정에 빠뜨리려고 하는 인간이라면 내 판단력을 빼앗기 위해 관리를 매수하여 괴롭힐지도 모른다.

고통을 주고 굶겨서 기력을 빼앗는다. 그렇게 재판에서 제대로

변론할 수 없도록 궁지에 모는 것은 정석이다.

재판용 자료와 함께 바구니째 【두루미 혁낭】에 수납하고, 그 【두루미 혁낭】을 접어서 오리지널 마법으로 만든 비닐 같은 것에 넣어 삼켰다.

【두루미 혁낭】은 접으면 손바닥 크기까지 작아졌다. 그렇기에 가능한 일이었다.

"저기, 루그. 그 주머니 엄청나게 중요한 거잖아. 먹어도 돼?!"

"중요한 거라서 먹은 거야. 훈련하면 위 속에 보관할 수 있고 언제든 꺼낼 수 있어. 상대가 나를 괴롭힐 작정이라면 소지품은 몰수할 테니 숨겨야지."

"말도 안 돼. 진기명기야!"

그 밖에 직장 등에도 숨기기 쉬웠다.

비교적 대중적인 기술이다. 스파이는 엉덩이 쪽에 통신기를 숨기고, 야쿠자는 마약을 체내에 숨겨서 세관을 통과한다.

"루그 님은 대단하네요…… 아! 또 실수했어요."

"뭘?"

"루그 님은 【두루미 혁낭】이 있으니까 보존용이 아니라 더 부드러운 빵을 만들어도 됐는데."

타르트가 마구 허둥거렸다.

확실히 타르트가 구워 준 빵은 슈톨렌에 가까웠다. 장기간 보존하기 위해 수분이 적어 딱딱했다.

"괜찮아. 이건 이것대로 맛있어. 고맙게 먹을게. ……일주일쯤 뒤에 돌아올 거야. 그때까지 숙제를 끝내지 못하면 화낼 거니까 둘 다 그렇게 알아 둬."

두 사람의 걱정을 조금이라도 덜기 위해 장난스럽게 말했다.

"응, 확실하게 완성시킬게!"

"저도 터득하겠어요!"

내가 없는 동안 아무것도 안 하는 건 아깝다.

그래서 중요한 숙제를 냈다.

돌아올 즈음에는 둘 다 크게 성장해 있을 것이다.

◇

관리가 야단스럽게 저택 문을 두드렸다.

평소에는 하인이 맞이하지만 오늘은 내가 나갔다.

"무슨 일로 오셨습니까?"

"루그 투아하데 있느냐?!"

눈앞의 중년 남자는 나보다도 키가 조금 작았다. 위압적인 태도지만 어딘가 비열한 느낌을 줬다.

"제가 루그 투아하데입니다."

"며칠 전에 편지가 도착했겠지. 마렌토트 백작을 살해한 용의자로 너를 왕도로 연행하겠다."

당연하지만 편지 같은 건 안 왔다.

나를 함정에 빠뜨리기 위해 녀석들은 편지가 도착하지 않도록 했다.

나는 일부러 아무것도 모르는 척 동요했다.

그런 편지는 못 받았다, 대체 무슨 말인지 모르겠다, 뭔가 착오가 있는 거다. 그렇게 아우성쳤다.

그렇게 연기하며 상대의 반응을 살폈다.

만약 평범한 관리라면 이상하게 여기고 설명할 것이다.

하지만 이 녀석이 매수됐다면…….

"꼴사납다, 살인자놈! 냉큼 따라오지 못해?!"

허리에서 검을 뽑아 위협했다. ……그 입에는 비웃음이 떠올라 있었다.

이 녀석은 편지가 도착할 리 없다는 것을 알고 있었다.

"가겠습니다. 제 무고함을 증명하기 위해."

그렇게 말한 순간 내게 주먹을 휘둘렀다. 그렇군. 귀족을 연행해야 하니 마력 보유자가 뽑힌 모양이다.

때리려 들 거라고 예상했었고, 그 일격은 너무 둔해서 타격하는 순간 고개를 틀어 충격을 흘리기 쉬웠다.

세게 맞은 것처럼 보이지만 대미지는 거의 없었다.

그럼에도 불구하고 비틀거리며 엉덩방아를 찧고서 겁에 질린 표정을 지으며 뺨을 감쌌다.

"성기사라더니 이 정도인가! 그 반항적인 눈은 뭐지? 반성하는 기색이 전혀 안 보이는군! 왕도로 가면서 듬뿍 예뻐해주며 교정해주마!"

지금은 마음껏 기고만장하게 굴어라.

그 대가는 나중에 치르게 될 것이다.

◇

마자에 탈 때 관리는 내 양손을 묶고 천으로 눈을 가렸다. 게다가 마법을 영창할 수 없도록 재갈까지 물렸다.

그리고 예상대로 모든 소지품을 몰수했다.

하지만 가벼운 소지품 검사 수준이라 매우 허술했다.

나를 감시하는 사람은 두 명이었고, 둘 다 카로나라이 후작에게 매수된 듯했다.

이후 전개는 상상한 대로라서 웃음이 났다.

욕을 퍼붓고, 식사 시간에는 손이 미끄러졌다며 내 밥을 뒤엎고서 일부러 발로 밟았다.

그랬던 관리들은 아까부터 눈을 뜬 채 온몸을 이완시키고 의식도 상실한 상태였다.

나는 그런 두 사람 앞에서 양손을 묶은 쇠사슬을 풀고 재갈을 벗었다.

그리고 유유히 【두루미 혁낭】을 꺼내 타르트가 만들어 준 빵을 먹었다. 딱딱하지만 촉촉함이 남아 있었고, 말린 과일과 견과류를 꽉꽉 채워 호사스러운 맛이었다.

바구니에는 따뜻한 수프가 든 수통도 들어 있어서 고마웠다.

뒤틀렸던 마음이 따뜻한 수프에 평온해졌다.

"맛있어. 타르트 녀석, 또 실력을 키웠나."

타르트가 먹을 것을 챙겨 줘서 다행이었다.

배도 채웠기에 재판용 자료를 다시 읽었다.

이러고 있는데도 관리들은 가끔 「아아, 으으」 하고 기분 나쁜 소리를 내며 손끝을 움찔거릴 뿐이었다.

이렇게 된 것은 내가 약이 묻은 바늘을 목에 꽂았기 때문이었다.

암살자가 작정하고 숨긴 암기를 이 녀석들이 찾을 수 있을 리가 없었다. 또한 고작 양손 양발이 묶이고, 눈이 안 보이고, 말을 못 한다고 해서 내가 급소를 못 맞출 리도 없었다.

투여한 약은 만약에 대비해 만들어 둔 강력한 자백제였다.

너무 강력해서 꿈과 현실을 구분할 수 없게 되고, 눈 뜬 채로 꿈을 꾸며 자신이 원하는 세계를 맛보게 된다.

중얼거리는 혼잣말을 들어 보니 아무래도 꿈속에서 나를 괴롭히고 있는 듯했다.

돈 많은 차기 남작. 잘생겼고 모두에게 칭찬받는 내가 마음에 들지 않는다.

그런 내게서 자유를 빼앗고 혼쭐내는 것이 참을 수 없이 즐거운 모양이다.

이 약의 장점은 약발이 나타나는 몇 시간 동안 본 망상을 현실이라고 여긴다는 것이었다. 꿈과 현실을 구분하지 못하게 되는 성질 덕분이었다.

평범하게 기절시키는 것과 달리 분명하게 기억이 남기에, 제정신으로 돌아오고 나서도 내가 무슨 짓을 했는지 눈치채지 못한다.

왕도에 도착할 때까지 정기적으로 이 약을 투여한다.

이렇게 하면 얌전해지고, 이후의 포석도 된다.

이 약을 남용하면 사고가 매우 느슨해져서 물들이기 쉬워진다.

도착 전날부터 약의 종류를 조금 바꿔서 내 애완견으로 만들어 여러모로 협력받을 생각이다.

"이런 약은 안 쓰려고 했는데 말이지. 후유증도 심하고."

상대가 평범한 관리라면 왕도까지 얌전히 있을 생각이었다.

하지만 매수된 데다가 나를 즐거이 괴롭히려고 했다.

그런 상대를 신경 써 줄 만큼 착하지는 않았다.

"자, 그럼…… 자료는 꼼꼼히 읽었으니 마법이나 개발할까."

오랜만에 넉넉하게 시간이 생겼다.

마음껏 마법을 개발하자.

종이와 펜을 꺼냈다.

최근에는 디아에게 놀라기만 했다. 나도 디아를 놀라게 할 마법을 만들어야 했다.

마침 만들고 싶은 마법이 있었다.

디아에게 보여 주면 분명 기뻐하며 그 발상을 발전시켜 새로운 마법을 만들어 줄 것이다.

며칠간의 여행을 끝내고 왕도에 도착했다.

완전히 세뇌된 감시인은 내 애완견이 되어 있었다.

『아무런 이상도 없음. 저항다운 저항도 하지 않고 의기소침해 있음. 소지품은 몰수했음.』

그들에게는 이렇게 전하라고 했다.

이번에는 세뇌에 썼지만 약은 편리하다. 이 세계에는 마력을 줘서 키우면 약효가 높아지는 식물이 있어서 전생과 비교해 매우 강력한 약이 만들어졌다.

이렇게 내가 쓰는 건 좋지만, 반대로 당할 위험성이 있음을 유념해 둬야 했다.

약으로 재산을 모으는 귀족도 있었다.

내게는 전생에 함양한 지식과 기술이 있고, 투아하데도 의술 명가라 약물 지식은 축적되어 있지만, 약에 특화된 귀족에게는 필적하지 못할 것이다.

내가 가진 약보다 흉악한 약을 만들더라도 전혀 이상하지 않았다.

"……역시 왕도에 도착해도 이런 취급인가."

자신이 놓인 상황을 보고 한숨을 쉬었다.

감옥 안에서도 눈과 입을 막고 양손 양발을 구속할 줄은 몰랐다.

아직 용의자인데도 이런 처사라는 건 너무 심했다.

카로나라이 후작이 손을 썼기에 가능한 특별 대우였다.

내 눈과 귀를 철저히 막아서 아무것도 모르게 하고 재판에서는 기세로 밀어붙이는 것이 그의 계획이리라.

이런 빈틈없는 부분은 평가할 만했다.

하지만 그는 내가 어떤 인간인지를 모른다. 이미 첩보원을 통해 간수 몇 명은 매수했다. 매수한 간수가 감시할 때는 편히 쉬었다.

사전 정보대로 내일 재판이 열린다고 간수가 가르쳐 줬다.

그럼 슬슬 빠져나가기로 할까. 지금 간수도 다음 간수도 매수해서 시간적으로 여유가 있었다.

내일 있을 재판에 대비하여 최후의 무기를 손에 넣고 돌아오자.

◇

이튿날, 왕도에 있는 재판소에서 내 재판이 시작되었다.

재판은 공개되어 귀족이나 왕도에 거주할 자격이 있는 자는 방청석에서 볼 수 있었다.

불합리한 재판을 하면 여러 가지 문제가 생기기에 재판장도 고발자도 터무니없는 짓은 할 수 없다. 최근 도입된 제도로, 억울하게 누명을 쓰는 일이 상당히 줄었다고 한다.

성기사이자 이미 마족 두 마리를 쓰러뜨린 내 재판의 주목도는 높아서 만석이었다.

……그리고 어디서 들었는지 당연하다는 듯 자리한 네반이 미소 지으며 나를 보고 있었다.

'걱정하고 있지는 않나 보네. 보통은 여기 선 시점에 끝인데 말이지.'

이 나라에서 재판은 거의 확실하게 범인이라는 증거가 있어야 열린다.

즉, 재판이 열린 시점에 죄는 확정되어 있었다.

대체로 하는 일이라고는 이 재판의 개최를 주장한 측의 증거를 읽어 용의자에게 제시하고 죄를 인정하라고 고하는 것이었다.

거기서 죄를 인정하면 공식적으로 죄인이 된다. 인정하지 않아도 재판장이 그 증거가 타당하다고 판단하면 죄인으로 취급된다.

카로나라이 후작 본인이 고발자로서 단상에 서서 날조한 자료를 막힘없이 읽어 나갔다.

뚱뚱한 몸, 욕심이 덕지덕지 붙은 얼굴, 고압적인 태도. 너무나도 전형적인 악덕 귀족이라 웃음이 났다.

나는 특별히 끼어들지 않고 상대의 이야기가 끝나기를 기다렸다.

"방금 말씀드린 증거들을 종합해 보면, 루그 투아하데가 성기사에게 주어진 특권을 악용하여 투아하데 남작가와 갈등이 있었던 마렌토트 백작을 의도적으로 살해한 것은 명백합니다. 이 나라의 평온을 지키라고 준 특권을 사리사욕에 이용하다니 언어도단입니다. 엄벌을 내려 주십시오!"

저쪽의 주장은 대체로 내가 사전에 파악한 대로였다.

새로운 정보는 하나도 없었다.

"피고인, 변론하겠습니까."

"저는 마렌토트 백작을 죽이지 않았고, 가문 간의 갈등 같은 것은 존재하지 않습니다. 전부 조작입니다. 원고 측이 제시한 증거를 제대로 조사하면 반드시 허점이 나올 겁니다."

"보기 흉해, 루그 투아하데. 이쪽에는 증인도 있어. 우연히 존불에 있었던 프란트루드 백작이 전부 보고 있었다. 백작을 이곳으로 불렀습니다. 재판장님, 증언을 허락해 주십시오."

"좋습니다. 증인의 발언을 허가합니다."

재판장이 허락하자 프란트루드 백작이 단상에 나타났다.

내가 일부러 여장까지 하며 같은 편으로 만든 남자였다.

"마족이 존불을 습격한 날, 저도 그곳에 있었습니다. 그리고 우연히 성기사 루그 투아하데의 싸움을 보았습니다. 강력한 마물 상대로 고전하지도 않고 마족을 궁지에 모는 모습이 장엄하여 홀린 듯이 보고 말았습니다. 그건 마치 옛날이야기에 나오는 전설의 기사 같았습니다. 목숨이 위험함에도 불구하고 제 다리는 그 자리에 못 박혔습니다."

호오, 깜짝 놀랐다.

이 말은 거짓이 아니다. 싸움을 봤다는 것까지는 진짜인 듯했다.

"그리고 한창 싸우던 중에 그는 뭔가를 눈치채고 그쪽으로 의식을 돌렸습니다. 그곳에는 마렌토트 백작이 있었습니다. 싸움의 여파로 다리를 다쳐 주저앉아 있었고, 그런 백작을 본 루그 투아하데는 웃더니 잔해를 걷어찼습니다. 그 잔해는 마렌토트 백작의 머리에 박혔고 백작은 절명했습니다. 그건 틀림없이 고의였습니다."

그의 말을 듣고 견학하러 온 청중들이 술렁거리기 시작했다.

"설마."

"【성기사】가 그런 짓을 하다니."

"【성기사】라고 해도 결국은 남작가 출신인 거지."

그런 식으로 떠들어 댔다.

"정숙히!"

재판장이 의사봉을 땅땅 치자 정숙이 돌아왔다.

"프란트루드 백작, 그 말은 틀림없습니까?"

"네, 틀림없습니다."

그가 단언하자 카로나라이 후작이 슬쩍 웃었다.

이로써 결판이 났다고 생각하고 있을 것이다.

하지만 안일한 판단이었다.

그는 나를 함정에 빠뜨리는 것에 열중해서 자신이 함정에 빠질 것을 생각하지 않았다.

프란트루드 백작의 말은 아직 끝난 게 아니었다.

백작이 크게 숨을 들이쉬고 다시 입을 열었다.

"틀림없이, 이렇게 말하라고 카로나라이 후작에게 협박당했습니다. 후작은 제 약점을 잡고 돈을 주며 거짓 증언을 시켰습니다. 저를 협박한 것을 보면 제 증언 외에 카로나라이 후작이 준비한 증거도 조작일 겁니다. 재판장님, 제가 여기 온 것은 성기사님에게 죄를 뒤집어씌우기 위해서가 아니라, 저를 협박하여 거짓 증언을 시키려고 한 카로나라이 후작을 고발하기 위해섭니다!"

조금 전까지 옅게 웃고 있던 카로나라이 후작이 창백해졌다.

청중의 술렁임은 이끼보다 더 커졌다.

카로나라이 후작은 프란트루드 백작의 배신을 전혀 상상하지 못했던 모양이다.

생각이 허술했다. 나는 이 자리에서 프란트루드 백작이 배신할 것도 상정하여 그에 대비한 계획을 준비했다.

암살이 계획대로 진행되지 않는 일은 흔하다. 두 번째, 세 번째 계획을 준비해 두는 것이 프로.

자기 생각대로 모든 것이 진행되리라고 여기는 것은 아마추어다.

"네놈, 실성한 건가?"

"실성한 것은 그쪽이겠죠! 이 나라, 아니, 이 세계를 지키기 위해 목숨 걸고 싸우는【성기사】를 추한 질투 때문에 함정에 빠뜨리려고 하다니. 저는 그럴 수 없습니다! 돈은 돌려드리겠습니다. 협박하고 싶으면 하십시오. 저는 제 정의를 따라, 나라를 위해, 이 웃기는 연극을 망치기로 했습니다!"

내심 박수를 보냈다.

박진감 넘치는 연기였다.

청중을 완전히 우리 편으로 만들었다. 대본은 내가 썼지만, 배우가 연기를 잘해서 더 감동을 줬다.

보수를 더 챙겨 주자.

"재판장님, 이 증인은 제정신이 아닌 것 같습니다. 증언은 무효로 해 주십시오."

"아뇨, 제가 보기에 증인이 거짓말하는 것 같지는 않습니다. 만약 증인의 말이 사실이라면, 카로나라이 후작, 당신은 고발자가 아니라 피고로서 이곳에 서게 될 겁니다."

"말도 안 됩니다. 맹세컨대 저는 그런 짓을 하지 않았습니다."

말은 잘한다.

하지만 발악해 봤자 소용없다.

흐름은 내 쪽으로 기울었다. 끝장을 내기로 하자.

"재판장님, 저도 반론하겠습니다. 이번 일에 관한 자료를 준비했습니다. 카로나라이 후작이 부당하게 저를 함정에 빠뜨리려고 한 증거를 기록했습니다. 우선 개요를 정리한 자료를 봐 주십시오."

내가 모은 증거의 양은 방대하여 전부 훑어보려면 시간이 매우 오래 걸린다.

그래서 짧게 정리한 개요서를 만들었고 그걸 보충하는 자료를 다수 준비했다.

재판장의 지시로 보좌가 내게서 자료를 받아 재판장에게 넘겼다.

말도 안 된다고 카로나라이 후작이 표정으로 말했다.

내 소지품을 전부 몰수하라고 지시하여 이런 자료가 있으면 없앨 계획이었으니까.

애초에 나는 아무것도 모른 채 이곳에 끌려왔을 테니 대책을 마련할 시간 따위 없었을 거라고 여기고 있었다.

"맙소사, 마렌토트 백작이 살해당한 곳은 존불이 아니라 이 왕도고, 그 시체 운반을 카로나라이 후작이 지시했다니. 그뿐만 아니라 투아하데와 마렌토트 사이의 확집은 날조이며, 오히려 카로나라이 후작이야말로 마렌도드 백작과 적대하고 있었던 선가요…….
흥미로운 자료입니다."

"그런 건 조작입니다!"

"그럴지도 모릅니다. 하지만 이 자료의 설득력은 후작이 준비한 자료보다 훨씬 높습니다. 그리고 이 자료가 있다면 저희 쪽에서도 사실 여부를 확인할 수 있겠죠. 적어도 이 자리에서 루그 투아하데를 단죄할 수는 없습니다. 후작이 준비한 증인만이 살해 현장을 본 목격자였습니다. 그 증인이 증언을 철회한 이상, 존불에서 마렌토트 백작이 살해당하는 모습은 본 사람은 아무도 없습니다."

"그건, 하지만, 그, 그래! 상황 증거가 있습니다!"

"그 상황 증거는 루그 투아하데보다도 카로나라이 후작이 수상하다고 말하고 있습니다. 카로나라이 후작, 만에 하나 루그 투아하데가 준비한 자료가 옳다고 증명되면 어떻게 될지 알고 있겠지요?"

재판에서 위증은 아주 무거운 죄다.

그 죄만으로도 멸문이 결정되고, 귀족이라 가능한 국익에 보탬이 되는 비인도적인 봉사 활동을 강제당한다.

심지어 나라를 구하는 사명을 띤 성기사를 사적인 원한으로 방해했으니 죄의 무게는 일반적인 것과 비교가 되지 않았다.

거기에 귀족 살해죄도 추가된다. 카로나라이 후작은 파멸하리라.

"나는 억울해! 명예로운 카로나라이 후작가의 가주인 나보다도 고작 저딴 남작가의 애송이를 믿는다는 건가!"

생각이 얕았다.

방금 그 발언에서 나를 향한 적개심과 개인적인 감정이 훤히 보였다.

심증을 악화시키고 청중도 적으로 돌리는 발언이었다. ……이 녀석이라면 누명을 씌울지도 모른다. 그런 생각을 일으키기 충분했다.

재판장도 똑같이 느꼈는지 눈살을 찌푸렸다.

"예, 누굴 믿겠냐고 묻는다면 루그 투아하데를 믿겠습니다. 그는 목숨 걸고 두 번이나 마족을 물리쳤습니다. 실적만 따지자면 용사조차 뛰어넘는 이 나라의 희망입니다. ……결론은 나왔습니다. 루그 투아하데는 무죄. 그리고 그가 가져온 자료를 토대로 카로나라이 후작을 조사하고, 상황에 따라서는 카로나라이 후작을 고발하는 재판을 열겠습니다. 또한 카로나라이 후작은 보신을 위해 증거인멸 및 도망할 우려가 크므로 재판장 권한으로 조사가 끝날 때까지 구속을 명합니다."

재판장 뒤에 있는 문이 열리며 기사들이 나타나 카로나라이 후작을 구속했다.

"웃기지 마. 나는 후작이야. 카로나라이라고. 왜 내 명령을 안 듣지? 나는, 나는."

연행되면서 내 옆을 지나갔다.

그 타이밍에 바람 마법을 썼다.

소리를 바람에 실어 보내는 마법이었다. 이걸 쓰면 전하고 싶은 상대에게만 목소리를 전달할 수 있었다.

『이게 끝이 아니야. 네가 저택을 비운 사이에 뒤져 봤거든. 아주 악랄한 짓을 하고 있는 모양이던데. 그걸 표면화해서 숨통을 끊어 주겠어. 너뿐만 아니라 동료들도 말이야. 나를 건드린 걸 감옥에서 평생 후회하도록 해.』

목소리뿐만 아니라 살의도 바람에 실었다.

나는 목소리에 감정을 싣는 기술이 뛰어났다.

카로나라이 후작의 바지에 얼룩이 생겼다.

어떤 청중이 그걸 눈치채며 수군거림이 퍼졌고, 끝내는 그것을 손가락질하며 폭소가 터졌다.

카로나라이 후작이 얼굴을 시뻘겋게 물들이며 수치심에 떨었다.

자존심 높은 그에게 이보다 더한 굴욕은 없었다.

건방진 남작가 자식을 속 시원하게 혼쭐내려다가 자신이 파멸하다니 구제할 길이 없었다.

"루그 투아하데, 이번 일은 죄송합니다. 그쪽이 제출한 자료가 증명되면 규정대로 카로나라이 후작의 재산을 몰수하고 배상금을 지불하겠습니다."

"별말씀을. 제 주장을 믿어 주셔서 감사합니다."

냉철한 재판장이라 다행이다.

내가 가장 우려했던 것은 재판장이 매수된 경우였다.

그 방식을 썼다면 힘든 싸움이 됐을 것이다.

다만 그럴 가능성은 지극히 낮다고 생각했다. 이야기를 꺼낸 순간 자칫 중죄가 되니까.

너무나도 위험성이 큰 방법이었다.

……하지만 만약 내가 카로나라이 후작처럼 누군가를 함정에 빠뜨리려고 한다면 그 방법까지 쓴다.

온갖 설득 수단을 이용하면 어렵지만 가능하다.

매수에 실패하더라도, 매수를 시도했다는 걸 폭로하기 전에 입을 막으면 된다.

결국 녀석의 패인은 모든 행동이 조무래기 악당 수준을 넘지 않았다는 것이었다.

내게 싸움을 걸기에는 각오가 너무나도 부족했다.

'그럼 기념품도 챙겼으니 조금 놀아 볼까.'

어제 감옥을 빠져나간 것은 후작의 저택에 숨어들어서 녀석을 파멸시킬 만한 약점을 찾아 보험으로 삼기 위해서였다.

겸사겸사 이번 일의 위자료도 챙겼다.

프란트루드 백작을 속여 미술품을 뺏은 것처럼 녀석은 악랄한 수단으로 귀중한 물건들을 모으고 있었다. 재미있는 물건이 있을 것 같아서 녀석의 저택을 뒤져 봤다.

그 예상은 들어맞았다. 내 정보망에도 걸리지 않은 신기가 있었다.

이로써 수중에 있는 신기는 두 개가 됐다. 【두루미 혁낭】만으로는 완전히 해명하지 못했던 구조도 해명할 수 있을 테고, 물건 자체의 성능도 기대가 되었다.

이 정도 물건을 손에 넣었으니 요 며칠 고생한 것도 수지가 맞는다.

그러니 넓은 마음으로 녀석을 용서해 주자.

이 이상 녀석을 물고 늘어지지 않을 것이다.

어차피 내가 손을 쓰지 않아도 녀석은 법의 심판을 받는다.

후작이 올바르게 속죄하고 새 인생을 시작하길 빌자. ……속죄하기 전에 수명이 다하거나 자살하는 게 더 빠르겠지만. 그건 내 알 바 아니다.

무죄를 쟁취하고 재판이 끝났다.

사무 절차를 마치고 마침내 자유의 몸이 되었다.

감옥 생활은 답답해서 문제다.

다만 이 정도 감옥은 거의 프리 패스라 오랜만에 차분히 마법 연구에 몰두할 수 있어서 나쁘지 않은 시간이었다.

무엇보다…….

"【아가트람】. 이런 걸 잘도 숨기고 있었어."

주위에 아무도 없음을 확인하고 카로나라이 후작의 보물 창고에서 슬쩍한 신기를 꺼냈다.

생김새는 은색 의수였다.

의수 자체는 그다지 보기 드문 물건이 아니다.

하지만 【아가트람】의 특징은 완벽한 의수라는 것과 노심이 있다는 것이었다.

완벽한 의수라는 것은 문자 그대로의 말이었다. 누가 착용하든 위화감 없이 팔 기능을 완벽하게 발휘한다.

가동 영역, 유연성, 촉각, 그것들이 실제 몸과 전혀 다르지 않은 수준으로 재현된다.

게다가 매우 강도가 높아서, 전설상으로는 세탄타가 가지고 있었던 【게 볼그】의 일격조차 버텼다고 한다.

심지어 노심에서는 늘 마력이 흘렀다. 투아하데의 눈으로 주시하니, 항시 생성되는 마력량은 디아의 마력 생산량과 거의 같음을 알 수 있었다. 즉, 인류 최고봉의 마력 보유자와 동등했다.

더욱 놀랍게도 이렇게 그 마력에 접하면 소지자의 마력에 맞춰 변질되었다. 즉, 자신의 마력으로 쓸 수 있었다.

이건 너무 편리하다.

내 오른팔을 잘라서 이걸로 바꾸고 싶다는 생각이 들 정도였다.

"……하지만 그러면 디아와 타르트가 슬퍼하겠지."

성능만 보고 팔을 바꿀 마음은 현재로서 없었다.

강해지기 위해서라지만, 내 오른팔이 마도구가 되는 것을 그녀들은 기뻐하지 않는다.

그리고 나는 그녀들을 내 손으로 안아 주고 싶다.

아니, 잠깐.

팔이 두 개면 안 된다는 법칙은 없고, 의수를 늘 착용해야만 한다는 법칙도 없다.

【아가트람】의 기동 조건은 신경 접속.

그렇다면 팔의 대용품이 아닌 다른 용도로도 쓸 수 있다.

시간을 들여 연구해 보자.

◇

재판소를 나가기 전에 별실에 숨어들어,【두루미 혁낭】에 넣어서 가지고 다니는 변장 도구를 사용해 다른 사람으로 둔갑했다.

이번 일은 매우 주목을 모으고 있어서 루그 투아하데인 채로 나가면 틀림없이 질문 세례를 받을 것이다.

재판소에서 나가자 역시 인파가 몰려들어 나를 찾고 있었다.

그 인파를 뚫고 나갔다. 아무도 나라는 걸 눈치채지 못했다.

네반은 없었다. 그녀는 판결이 난 순간 미소 짓고서 돌아갔다.

네반은 나를 걱정해서 여기 온 게 아니었다. 내가 어디까지 할 수 있는지를 보러 왔을 뿐이리라.

이번에 보여 준 솜씨에는 네반도 만족했을 터다.

인파 속에 섞여 있던 첩보원에게 편지를 쥐여 줬다.

첩보원도 내 변신을 간파하지 못했지만, 접촉할 때 쓰는 규칙이 있어서 동작으로 나임을 보이자 전해졌다.

편지 내용은 마하에게 보내는 메시지였다.

이번에도 여러 가지로 신경 써 줘서 고맙다는 인사와 추가 의뢰.

그리고 내일 만나러 가겠다는 내용이었다.

여러모로 폐만 끼치고 제대로 치하도 하지 않았다. 무엇보다 이번 일로 가장 부담을 준 사람도, 나를 걱정해 준 사람도 마하였다.

마하는 정보망 관리자라서 이번 일이 돌아가는 모습을 전부 보았다. 그렇기에 여러 가지로 생각하고 말았다.

"바람이 세네."

폭풍이 다가오고 있었다. 구름의 움직임과 피부로 느껴지는 습도와 온도 등으로 계산해 보니 저녁 무렵에 직격하여 아침에는 지나갈 것 같았다.

폭풍 속에서 비행하기는 힘들다.

가능하긴 하지만 체력과 정신력을 몹시 소모한다.

행글라이더는 바람을 이용하여 비행하기에 바람의 영향을 무효화하는 【바람막이】를 쓸 수도 없고, 거센 비를 맞으며 비행하는 것은 고되다.

폭풍이 잠잠해질 때까지 여관에서 새로운 장난감을 가지고 놀다가, 폭풍이 지나감과 동시에 무르테우로 가자.

그렇게 생각하고 나는 왕도에서 여관을 찾기 시작했다.

◇

아까부터 비바람이 가차 없이 여관 창문을 때렸다.

내가 예상한 대로 폭풍이 왕도를 덮쳤다.

왕도에 머물길 잘했다.

이런 폭풍 속을 날고 싶지는 않다.

"……역시 생각한 대로야."

여관에서 새로운 신기 【아가트람】을 분석하고 몇 가지를 알아냈다.

【아가트람】과 육체의 접속은 물리적인 접속도 있지만 그건 어디까

지나 서브고, 메인은 영적인 경로였다.

과학이 아니라 신비·마법의 영역이었다.

그렇다면 딱히 팔을 자르지 않아도 쓸 수 있을지 모른다.

팔이 붙어 있는 채로 접속부의 날을 어깨에 꽂아 보았다. 그러자 날이 살에 파고들며 빠지지 않게 펼쳐져서 엄청난 격통이 일었다.

그 상처가 【아가트람】의 힘으로 치유되고 아물면서 물리적으로는 접속되었다.

하지만 어깨에 붙었을 뿐, 꿈쩍도 하지 않았다.

이유는 간단했다. 어깨에서 팔로 가는 영적인 경로는 현재 내 팔에만 이어져 있기 때문이다.

【아가트람】으로 가는 경로가 막혀 있기에 영적 경로를 이을 수 없었다.

하지만 접속하려고 할 때 나타난 거동은 투아하데의 눈으로 보았다.

그 마력의 움직임을 통해 대략적인 식을 상상할 수 있었다.

심지어 이러고 있는 동안에도 【아가트람】은 영적 경로의 접속처를 계속 찾고 있었다. 매우 분석하기 쉬웠다.

"이거라면 가능할지도 모르겠어."

지금까지 해석한 마법 중에 비슷한 술식이 있었다. 영적 경로를 이용하는 마법은 의외로 많다. 영적 경로에 화염 마력을 순환시켜서 일시적으로 화염을 두르는 마법 등이 대표적이었다.

라인을 확보하려면 팔을 잘라야 한다. 그렇다면 라인을 늘리면 된다.

내가 만들 마법은 단순히 어깨에서 팔로 가는 라인에 분기를 만드는 것이었다.

식을 쓰면서 「분명 디아라면 더 잘 만들겠지」 하고 생각하고 말았다.

섬세한 마법은 디아의 특기 분야였다.

돌아가면 오늘 만든 마법을 디아에게 보여 주고 개량해 달라고 하자.

어쨌든 오늘의 목적은 【아가트람】을 쓸 수 있는 상태로 만드는 것이었다.

움직이기만 하면 된다.

그렇게 마법 개발에 열중했다.

꽤 난항을 겪었지만 조금씩 진행되고 있다는 실감은 들었다.

원하던 마법이 완성되어 얼굴을 들자 어느새 날이 밝아 있었고 폭풍도 지나간 상태였다.

몇 시간이나 집중해 있었나 보다.

"그럼 바로 영창할까…… 【괴뢰】."

이 마법에는 괴뢰라는 이름을 붙였다.

마법이 발동하며 어깨에서 영적 경로가 바란 대로 분기되었다.

그러자 내 육체에 꽂혀 있던 【아가트람】이 마침내 영적 경로를 찾았다며 경로에 접속했다.

일순 의식이 암전될 뻔했다.

강렬한 불쾌감이 들었다.

【아가트람】의 정보량이 많았다. 늘 부하를 줘서 【성장 한계 돌파】로 뇌를 성장시키고 있는 내가 아니었다면 뇌가 타 버렸을지도 모른다.

팔 하나 분의 정보는 터무니없이 많다. 손가락, 손목, 팔꿈치, 어깨, 여러 가동부가 있는 데다가 근육 하나하나까지 제어해야 한다.

원래 【아가트람】은 소유자가 팔에 쓰던 자원을 이용하지만, 억지로 팔을 하나 더 추가한 탓에 새로운 팔 하나를 움직이는 데 필요한 모든 정보가 흘러들었다.

인간은 팔이 두 개인 설계로 만들어졌다. 세 개를 조작하는 것은 상정되지 않았으니 처리에서 펑크가 나는 것은 필연이었다. 게다가 강렬한 불쾌감과 위화감이 들었다.

그래도 강화된 뇌가 어떻게든 순응해 나갔다.

"……연결됐어. 이거 좋은데."

영적 경로가 연결되어 【아가트람】의 노심에서 만들어지는 마력이 흘러들었다.

거기다 자기 치유력을 강화하는 힘과 몸을 활성화하는 힘도 갖춰져 있었다.

아니, 그뿐만이 아니었다. 【아가트람】을 매개체로 마력을 방출시킬 수 있었다.

내 몸에서 방출할 수 있는 마력과 합치면 순간 마력 방출량은 두 배가 된다.

나의 가장 큰 결점인 마력 탱크는 큰데 순간 방출량은 일반적인 수준이라는 점을 해소할 수 있다.

게다가…….

"원하는 대로 움직일 수 있어."

어깨에 박힌 의수로 안주머니에 숨긴 단검을 뽑아 휘두를 수 있었다. 매끄럽게 내 뜻대로 움직였다.

문제점은 의식해야만 움직일 수 있다는 것이었다. 무의식적인 반사 행동은 현시점에선 불가능했다.

그건 차차 해결하자.

지금 상태로도 이 의수는 충분히 쓸 만했다.

펑퍼짐한 옷이라면 숨길 수 있기에 기습에도 안성맞춤이었다.

예를 들어 검을 맞부딪치다가 갑자기 옷을 찢고 세 번째 팔이 나타나 칼을 휘두른다면 대응할 수 있는 사람은 없다.

세 번째 팔이 있으리라고는 아무도 생각하지 않기 때문이다.

그렇게 기습에 쓰지 않더라도, 팔이 세 개 있으면 여러모로 재미있는 일을 할 수 있다.

팔 하나가 더 있는 이점은 크다. 쓸 수 있는 수법이 50% 늘어난다.

"실험은 이 정도면 충분해."

살에 깊이 박힌 의수를 어깨에서 뽑았다.

피가 뿜어져 나왔고 【초회복】 효과로 치유되었다.

……어쨌든 이 도구를 쓸 수는 있었다.

이제 이걸 더 분석해서 어디에 이 기술을 이용할 수 있을지 생각해 보자.

팔로 쓸 수 있을 만큼 정밀한 제어라니, 여러모로 공부가 된다.

"그럼 아침이 됐으니 갈까. 마하가 목 빠지게 기다리고 있을 거야."

아침 해가 떠올라 있었다.

하늘에는 구름 한 점 없었다.

이런 날씨라면 마하 곁으로 날아갈 수 있다.

분명 처음에는 줄곧 얼굴을 안 보여 줬다면서 토라질 것이다. 하지만 금세 웃으며 재회를 기뻐하리라.

폭풍이 지나가 맑게 갠 하늘을 날아서 무르테우에 도착했다.

마하를 만나는 것이 목적이기에 루그 투아하데가 아니라 이르그 발로르 모습으로 바뀌어 있었다.

나는 무르테우에 도착하자마자 통신기가 묻힌 포인트로 가서 무선으로 접속하여 디아, 타르트, 마하 전용 채널로 설정하고 기동했다.

무사하다는 것을 전하기 위해서였다.

『루그야. 재판은 무사히 끝나서 무죄로 석방됐어. 오늘은 무르테우에서 일하고 내일 돌아갈 예정이야.』

그 말만 하고 끊으려고 했지만, 나 말고도 누군가가 통신망에 접속해 있어서 통신기에서 소리가 났다.

『무사하셔서 다행이에요! 루그 님이 좋아하는 음식을 만들어 둘게요.』

『아아, 정말. 왜 이렇게 늦게 연락했어. 걱정했잖아!』

『어제 내가 무사하다고 전했잖아?』

『하지만 직접 목소리를 듣기 전에는 안심할 수가 없잖아요.』
『맞아. 덕분에 밤새워서 졸리고, 마법 개발에도 손이 안 갔어.』
타르트, 디아, 마하의 목소리가 들렸다.
본인 방으로 통신이 들어가는 마하는 그렇다 쳐도, 디아와 타르트는 뒷산까지 가야 무선 통신기로 통신을 받을 수 있을 터다.
분명 내가 걱정돼서 어제부터 뒷산에 죽치고 있었을 것이다. 타르트에게는 서바이벌 기술을 가르쳐 줬으니 텐트를 쳤을지도 모르겠다.
『걱정 끼쳐서 미안해. 이것저것 선물을 샀으니까 기대해 줘. ……그리고 마하. 앞으로 두세 시간 뒤에 만나러 갈게.』
『내 쪽 준비는 완벽해. 재판이 끝난 뒤에 시간이 나도록 일을 조정했거든. 오늘 하루는 내 시간을 루그 오빠를 위해 쓸 수 있어.』
『아아, 부럽다. 나도 루그랑 데이트하고 싶어.』
『같이 사는 사람이 그걸 말하는 거야?』
『그건 그러네. 미안. 있지, 마하. 언제 한 번 만나지 않을래? 우리 한 번도 만난 적이 없는데 그건 이상하지 않아?』
『그러게. 다음에 시간을 만들게. 여러 가지로 듣고 싶은 얘기도 있고 하고 싶은 말도 있어. 어디서 만날지는 상담하자.』
『루그는 빼고 만나는 게 좋겠어.』
『응, 물론이지.』
『그거, 뭔가 무서운데.』
일부러 나를 빼고 둘이서 만나겠다니, 대체 무슨 이야기를 하려는 거지?

『여자끼리만 할 수 있는 얘기가 있어.』

『맞아. 걱정하지 마. 딱히 싸우려는 건 아니야. 루그 오빠가 싫어할 일을 할 리가 없잖아.』

『나는 그저 친하게 지내고 싶을 뿐이야. 이런 대화만으로는 굉장히 거리감이 느껴지는걸.』

어쨌든 위험한 느낌은 아니라서 안심했다.

여자 간의 일은 두 사람에게 얌전히 맡기자.

『통신 끊을게. 일단 말해 두는데, 여기서 나눈 대화는 전부 로그에 남으니까 그렇게 알고 있어.』

흐름을 보면 세 사람은 이대로 수다 모드에 들어갈 테니 경고해 뒀다.

세 사람의 성격상 폭언을 내뱉지는 않겠지만, 남자인 내게 들려주고 싶지 않은 말을 깜빡 흘릴지도 몰랐다.

『알겠어요. 마하와 언제든 수다 떨 수 있다는 걸 눈치채지 못하다니 불찰이에요.』

『타르트는 여전하구나……. 하지만 네 목소리를 듣고 안심했어.』

『아, 만날 때 타르트도 같이 가자. 공통된 친구가 있으면 대화가 활기를 띠니까.』

『불초한 몸이지만 성심성의를 다해 가교가 되겠습니다!』

조금 안심했다.

타르트가 있다면 그렇게 이상한 일은 벌어지지 않을 것이다.

◇

무르테우의 거리를 걸었다.

역시 무르테우는 좋다.

알반 왕국 최대의 항구 도시라서 웬만한 물건은 입수할 수 있었다.

개인적으로 필요한 물건을 사며 마하에게 줄 선물을 골랐다.

왕도에서 마하가 좋아하는 쿠키를 샀지만 그것과는 별개로 꽃다발을 골랐다.

마하가 좋아하는 보라색 꽃이 제철이었다.

타르트와 디아는 꽃을 선물해도 별로 기뻐하지 않는다. 타르트는 음식, 디아는 책을 좋아했다. 세 사람 중에서 마하는 가장 여성스러운 감성을 가지고 있었다.

그렇게 물건을 모두 사고 오르나 본점에 갔다.

친숙한 접수원에게 인사하고 마하가 기다리는 방으로 향했다.

◇

안에 들어가자 서류를 노려보고 있던 마하가 천천히 고개를 들었다.

차분한 느낌이 마하답다고 생각하고 말았다.

타르트나 디아였다면 내게 달려왔을 것이다.

"오랜만이야, 마하."

"응, 오랜만이야. 줄곧 얼굴을 보여 주지 않아서 쓸쓸했어."

마하가 쓴웃음을 짓고 일어났다.

평소처럼 차를 끓여 주려나 보다.

마하가 끓인 허브티는 아주 맛있어서 마음이 차분해진다.

"오늘은 좀 떫게 끓여 주지 않을래? 왕도에서 선물을 사 왔어. 마르라나의 건포도 쿠키. 전에 맛있게 먹었다고 했잖아?"

"기뻐. 그거 진짜 좋아해. 왕도의 상품은 질은 좋아도 너무 비싸다고 느꼈는데 그건 가격에 상응하는 가치가 있어."

마하가 차를 끓이는 동안 나는 사 온 꽃을 꽃병에 꽂았다.

"어머, 메르나 꽃이네. 내가 좋아하는 과자와 꽃다발을 함께 사 오다니, 너무 신경 써 주니까 경계하게 되는걸?"

그렇게 말하면서도 살며시 미소 짓고 있었다.

분명하게 좋아해 줘서 안도했다.

"마하는 여러 가지로 노력해 주고 있으니까 답례하고 싶었어."

"그래…… 그렇게 생각하고 있구나. 마침 잘됐어. 부탁하고 싶은 게 있어."

마하가 허브티를 가지고 눈앞에 앉았다.

"내가 할 수 있는 일이라면 들을게."

"이르그 오빠만이 할 수 있는 일이야. 과자 다 먹고 나서 부탁할게."

"그러자. 마하의 허브티가 식는 건 아까우니까."

마하는 이론적으로 완벽하게 허브티를 끓인다. 습도, 추출 시간,

찻잎의 양, 수질까지.

찻잎에 따라 쓰는 물을 바꾸는 사람은 마하뿐일 것이다.

이 세계에는 경수와 연수라는 개념이 없고 나도 가르쳐 주지 않았는데 마하는 자신의 혀와 경험으로 알아차렸다.

지친 몸에 허브티가 사무쳤다.

선물로 사 온 건포도 쿠키를 개봉하자 양주향과 건포도향이 퍼졌다.

고급스러운 소프트 쿠키로, 고급 브랜디에 절인 맛있는 건포도와 그 풍미를 부각하는 향신료가 들어간 반죽이 일품이었다.

아주 고급스러우면서도 복잡한 맛이었다. 마하는 이렇게 품위 있는 것을 좋아했다.

"역시 맛있어. 이 쿠키. 우리 쪽에서 못 만들려나."

"어렵겠지. 듣자 하니 건포도용 브랜디를 전용으로 만드는 것 같아. 엄청나게 비싸지만 들어가는 정성의 수준이 달라. 이건 하루아침에 흉내 낼 수 없어."

오직 건포도를 절이는 데 쓰기 위해 일일이 술을 만들다니 여간 집념이 아니었다.

그리고 그렇게 한다는 것은 그 외 모든 것에 공을 들이고 있다는 뜻이었다.

"그렇지. 들인 시간과 집념은 우리와 대척점에 있어."

"오르나는 참신한 발상과 기술력, 자금력, 독자적인 유통망에서 우위에 있지만, 이런 흔한 상품을 극한까지 완벽하게 만들기에는 역사가 얕고 인재도 없어. 이쪽은 우리가 노릴 노선이 아니야."
장사에서 못 하는 분야가 있다는 것은 큰 문제가 아니다.
중요한 것은 무엇을 할 수 있느냐다. 잘하는 분야로 이기면 된다.
"그렇지……. 하지만 언젠가 이런 것도 해 보고 싶어. 거의 취미가 되겠지만."
"오르나는 충분히 커졌어. 이 이상 커지면 오히려 움직이기 어려워져. 앞으로는 수비적으로 운영하면서 취미로 가게를 여는 것도 괜찮을지 몰라."
오르나는 계속 팽창하고 있고, 그 성장 속도를 따라잡기 위해 설비와 인원을 갖추는 데 필사적인 상황이었다.
……그리고 슬슬 아무리 효과적으로 관리해도 구석구석까지 손이 미치지 않는 영역에 도달하려고 했다.
그건 위험하다.
우리가 못 보는 곳에서 오르나가 폭주할 수도 있다.
장사에는 발을 멈출 용기와 결단도 필요했다.
"내 의견도 같아. 그걸 상담하려고 했는데, 이르그 오빠가 먼저 얘기해 버렸네."
"마하가 그런 시점을 가지고 있었다니 놀라운걸."
"얕보지 말아 줄래? 이르그 오빠가 나한테 오르나를 맡긴 지도 오래됐어. 장사 수완만 따지면 나는 이미 오빠보다 한 수 위일지도 몰라."
"그럴지도 모르지."

실제로 나는 이제 그저 어드바이저에 불과했다. 내가 세운 오르나를 이렇게까지 키운 것은 마하의 역량이었다.

오르나에 관해 이야기하며 건포도 쿠키와 허브티를 즐기다 보니 순식간에 다 먹고 말았다.

그러자 마하가 갑자기 안절부절못하기 시작했다.

쿠키를 다 먹으면 나한테 부탁하고 싶다고 한 것 때문이리라.

그렇게 부끄러운 일을 부탁하려는 걸까?

마하가 짐짓 헛기침하고서 말하기 시작했다.

"그게, 얼마 전부터 타르트가 변했다는 생각이 들었어. 늘 쭈뼛거렸던 그 아이가 자신감을 얻고 행복해하는 게 편지에서 느껴졌어."

"듣고 보니 그러네."

타르트는 늘 자신감이 없었다. 이 나라에서도 손꼽히는 실력을 가지고 있으면서도 그랬다.

그런데 최근에는 조금 달랐다. 당당해졌다. 아까 통신망으로 얘기할 때도 그랬다. 얼마 전의 타르트였다면 그런 발언은 절대 안 했다.

"이유를 물어봤어. ……그랬더니, 그, 이르그 오빠랑, 그걸, 했다고. 그 얘기를 들으니까, 왜 타르트만, 치사하다는 생각이 들고, 안 좋은 생각만 하게 돼서……. 있지, 이르그 오빠, 나랑도 하면 안 될까? 나는 이르그 오빠를 좋아해. 나를 동생처럼 여긴다는 건 알고, 그건 기뻐. 하지만, 그것뿐인 건 싫어. 불안해. 디아 씨보다, 타르트보다, 사랑받지 못해서, 제일 어찌 되든 좋은 아이라고 생각하는 게 아닐까 싶어서, 나만 이어져 있지 않으니까, 자신감을 가질 수가 없어."

얼굴을 새빨갛게 물들이고 눈물을 글썽거리며 내 얼굴을 밑에서 들여다보았다.

귀엽고 애처로웠다.

"……후우, 정말 나로 괜찮은 거지? 모처럼 발로르 상회의 후계자에게 프러포즈 받았는데, 아깝게."

장난스럽게 말하자 마하가 뺨을 부풀렸다.

이런 아이 같은 동작을 마하가 하는 건 보기 드문 일이었다.

"발로르 상회의 힘은 매력적이지만 그보다 이르그 오빠가 더 매력적이야. ……그리고 나랑 이르그 오빠라면 오르나를 발로르 상회보다 더 대단한 상회로 만들 수 있잖아?"

쓴웃음을 지었다.

아마 이 말을 다른 상인이 듣는다면 코웃음 칠 것이다.

하지만 내게는 마하와 함께라면 할 수 있다는 자신이 있었다.

"그렇지. 우리라면 가능해. ……말해 두겠는데, 마하만을 사랑할 수는 없어."

"알고 있어. 그래도 좋아."

마하가 일어나더니 옆에 앉았다.

그리고 지그시 나를 보았다.

마하가 바라는 것은 분명…….

그래서 그에 응했다.

"응…… 푸하! 후후, 저번 키스와 달리 어른의 키스네."

"지금까지는 가족으로 대했으니까."

"그건 그만두지 않아도 돼. 하지만 앞으로는 연인으로서도 봐 줘."

이번에는 마하가 키스해 와서 받아들였다.

타르트에 이어 마하와도 관계를 갖게 되었다.

두 사람에게는 절대 나를 배신하지 않도록 전생의 인심 장악술과 세뇌술을 사용해 나를 향한 충성심을 높였었다.

하지만 그건 어디까지나 충성심, 연애와는 거리가 멀었다.

연애 감정을 세뇌에 이용하지 않은 것은, 연애 감정은 쉽게 변해서 쐐기로 삼기에는 적합하지 않기 때문이었다.

그런데도 이렇게 되었으니 내가 타르트와 마하에게 느끼는 감정도, 타르트와 마하가 내게 느끼는 감정도 의도치 않은 무언가에 의해 생겨난 것이다.

계산할 수 없는 비논리적인 일이 의문스러우면서도, 이해할 수 없다는 것이 기뻤다.

"장소를 바꿀까."

"응, 준비해 뒀어."

"용의주도하네."

"나는 상인이야."

맞는 말이다.

그리하여 우리는 옷매무새를 가다듬고 오르나를 나섰다.

마하가 미소 지으며 손을 잡아끌었다.

넋 놓고 보고 말았다.

정말로 예쁘게 자랐다고 다시금 깨달았다.

행복하게 해 주고 싶다. 도구로서 필요하여 손에 넣었다. 하지만 지금은 정말로 소중한 가족이라고 느끼니까.

서로 가볍게 변장한 뒤, 시차를 두고서 오르나를 나왔다.

그리고 마하가 예약한 여관에서 만났다.

마하가 준비한 곳은 꽤 고급 여관이었다.

가구와 비품, 세간 등의 품질이 좋은 여관이기도 하지만, 그 이상으로 비밀 보장을 중시하는 것처럼 보였다.

이곳은 손님의 사생활을 지키는 가게였다.

나도 마하도 그런대로 유명인이라 이것저것 신경을 써야 했다.

오르나의 대표와 대표 대리는 어설픈 귀족보다 주목도가 높았다. 둘이서 같이 걸을 뿐이라면 일 때문에 그렇다고 잘라 말할 수 있지만, 그렇고 그런 관계라는 것이 퍼지는 것은 좋지 않았다.

여관에는 샤워기가 있었다.

샤워기라고 해도, 물을 끓여서 탱크에 넣어두고 페달식 펌프로 압력을 만들어서 물을 분사하는 원시적인 형태였다.

그런 단순한 물건이어도 고마웠다.

나는 먼저 샤워하고 마하가 나오기를 기다렸다.

마하의 희망으로 마하를 안을 때는 루그로서 안는다. 진짜 나에게 안기고 싶다고 했다.

시간이 걸리는 것을 보면 마하 나름대로 준비하고 있는 듯했다.

……심장이 크게 뛰고 있었다.

그런 용도로 쓰이는 일이 많은 고급 여관이라 그런지 분위기가 좋았고, 무엇보다 상대가 마하였다.

"평정심을 유지할 수는 없나."

타르트가 귀엽게 성장한 것처럼 마하는 아름답게 성장했다.

처음 만났을 때는 상상도 못 했을 만큼.

타르트도 그렇지만 여자아이는 굉장하다. 모르는 사이에 여성으로 바뀌어 버린다.

……하지만 내가 동요하면 마하도 불안해진다.

진정하자.

그러고 있으니 마하가 샤워실에서 나왔다.

샤워하여 달아오른 피부가 눈길을 사로잡았다.

그리고 눈길을 사로잡은 것은 상기된 피부만이 아니었다.

"어, 때?"

"잘 어울려."

마하는 속옷 차림이었다.

푸르스름한 검은색, 자신의 머리카락 색에 맞춘 속옷이었다.

선정적인 디자인이라 어른스러운 마하에게 잘 어울렸고 그녀의 매력을 돋보이게 했다.

하지만 나는 흥분하기보다 먼저 안심했다.

실로 마하다워서 재미있었다.

아아, 그런가. 이런 상황이지만 마하는 역시 마하다. 그런 생각이 들었다.

"이리 와."

"넵."

"평소랑 말투가 다르네."

"응, 조금 타르트 같았어. ……긴장해서 그래."

마하가 침대에 앉은 내 옆에 앉으려다가 그만두고 내 다리 사이에 앉아 기댔다.

"좋은 냄새가 나."

"특별한 향유를 마련해서 샤워한 후 발랐어. 루그 오빠가 좋아하는 계통의 향이고, 이걸 바르면 피부가 깨끗해 보이면서 감촉도 좋아져."

"속옷에 향유까지, 굉장히 공을 들였네."

이렇게 사전에 확실하게 준비하는 구석이 실로 마하답다고 느꼈다.

"나는 디아 씨나 타르트만큼 매력적이지 않으니까 필사적으로 꾸며야 오빠 앞에 설 수 있어."

"그렇지 않아. 두 사람도 매력적이지만 마하도 못지않은걸."

"아냐. 그리고 그렇더라도 나는 이래야만 안심할 수 있고, 조금이라도 루그 오빠에게 괜찮은 나를 보여 주고 싶어."

이 속옷은 유행의 최첨단이다. 어떤 귀족이 저명한 디자이너에게 특별히 주문하여 만들게 한 것이라 마하여도 손에 넣는 데 고생했을 것이다. 향유도 아주 귀중한 것이었다.

조금이라도 내게 사랑받고 싶어서 준비해 준 것이 기뻤고, 그런 갸륵한 모습이 사랑스러워서 뒤에서 끌어안았다.

심장 소리가 들렸다.

마하의 심장 소리뿐만 아니라 내 심장 소리도. 두근두근두근. 두 사람의 기분이 고조되는 증거라서 그런 소리조차 사랑스럽게 느껴졌다.

"정말 괜찮은 거지?"

"응. 굳이 따지자면 그런 걸 물어보는 게 문제야."

"평소처럼 돌아왔네."

마하 특유의 말대꾸였다.

"그러게. 긴장이 많이 풀렸어. 이렇게 피부를 맞대고 있으니 안심돼. 언제든 루그 오빠 곁이 가장 안도감이 들어. ……옛날에는 외롭다고 하면 같이 자 줬잖아?"

"그랬지."

타르트도 마하도 어릴 때 가족을 잃은 것이 트라우마였다.

그렇기에 육친의 온기를 바랐고, 그 결핍을 내 나름대로 채워 주려고 했었다.

그래서 두 사람이 속절없이 외롭다고 느끼는 밤에는 같이 잤다.

"지금이니까 말하는데, 그냥 루그 오빠랑 찰싹 붙어 있고 싶어서

외로운 척할 때도 있었어. 아마 나뿐만 아니라 타르트도 그랬을 거야. ……우리는 루그 오빠가 생각하는 것보다 훨씬 전부터 루그 오빠를 남성으로 봤어. 알고 있었어?"

"몰랐어. 아니, 알려고 안 한 거지."

사인은 얼마든지 있었다.

하지만 나는 두 사람을 가족으로 대했기에, 가족이라고 단정 짓고 두 사람의 사인을 간과했다.

"나보다 타르트가 훨씬 알기 쉬웠어. 그게, 그 애, 같이 자면서 자위한 적도 꽤 있었으니까."

"그건 마하도 그랬잖아."

"……윽, 그거야 타르트가 그러니까, 어? 눈치챘었어?!"

마하가 크게 외치며 돌아보았다.

타르트의 자위는 숨길 생각이 있는 건지 의문인 수준이었지만, 마하 쪽은 필사적으로 목소리를 억누르며 숨기려고 했었다.

타르트가 그런 짓을 시작하고 몇 밤이 지난 뒤부터 마하도 시작했으니, 어쩌면 타르트가 안 들켰으니 괜찮다고 생각했던 것일지도 모른다.

"나는 암살자야. 자면서도 주위의 기척은 살펴. 뭣하면 횟수와 날짜도 말할까? 기억력에도 자신이 있거든."

훨씬 더 빨개진 마하는 이제 한계라는 듯 다시 앞을 보았다.

"말 안 해도 돼. 죽고 싶어지니까. 그런 걸 눈치챘으면서도 무시하다니, 심술쟁이네."

"단순히 사춘기라 성욕을 주체하지 못하는가 보다고 생각해서 내버려 둔 거야. 자위하는 건 딱히 이상한 일이 아니니까. 내 팔을 무단으로 쓰는 건 좀 그랬지만……. 행위 자체는 스트레스 발산에도 좋아. 나 때문에 못 하게 할 수도 없잖아?"

"……그거, 전혀 배려가 아니야. 어쩌지, 죽고 싶어."

앞을 보고 있기에 얼굴이 안 보이지만, 귀까지 새빨개진 것은 뒤에서도 알 수 있었다.

"지금이라면 말해도 될 거라고 생각했는데, 말하지 않는 편이 좋았을까?"

"응, 진짜로. 나만 이렇게 창피한 기분을 느낄 수는 없지. 나중에 타르트한테도 말해 둘게."

평소에 냉철한 마하조차 이런 반응이었다.

타르트는 엄청나게 동요하며 이상해질 것이다.

"침대 위에서 다른 여자 얘기를 하면 싫어한다고 어디선가 들었는데, 굉장히 즐겁게 타르트에 관해 말하네."

"타르트인걸. 줄곧 가족이었는데 이제 와서 잘라 낼 수는 없어. 그리고……."

마하가 몸을 돌려 나를 뒤로 넘어뜨렸다.

저항하기는 쉽지만, 마하가 하고 싶은 대로 하게 뒀다.

"나한테 푹 빠지게 만드는 건 지금부터야. 나, 예습은 특기야. 책으로 잔뜩 공부했고 도구로 연습했어. 루그 오빠가 기뻐하도록."

"그런가. 마하는 우등생이네."

"맞아. 오빠가 그런 나를 원했기에 그렇게 됐어. 그러니까 오늘은 전부 나한테 맡겨. ……반드시 루그 오빠가 나한테 정신 못 차리도록 할 거니까."

그렇게 말하며 미소 짓고 키스해 왔다.

내 위로 올라온 마하가 귓가에 사랑한다고 속삭였다.

그럼 나는 이대로 마하가 공부한 성과를 보기로 하자.

……하지만 마하는 아직 미숙하다. 공부와 연습에는 한계가 있고, 실전에서 처음으로 얻는 게 있다는 걸 모른다.

오늘부터 연인이 되지만, 마하는 오빠로서도 스승으로서도 계속 있어 달라고 했다.

그러니까 그런 것도 가르쳐 주자.

오늘 밤은 길 것 같다.

꿈이다.

꿈속이라는 걸 명확히 알 수 있었다.

이 광경은 14년 만이었다. 현실에서는 있을 수 없는 광경.

전생할 때 여신이 나를 불렀던 하얀 방이었다.

"빰빠라밤~ 축하합니다! 당신의 공적 포인트가 일정치를 넘어서서 운명 간섭 리소스가 늘었습니다. 여신님의 자비를 기대하세요!"

그리고 이 방에 불려 왔다는 건 반드시 방의 주인…… 여신도 있다는 뜻이었다.

"14년 만인데 여전하네."

"굳이 따지자면 여전한 건 당신이에요~ 제 성격과 말투는 당신에게 맞춰서 연산하여 연출하니까요~ 저를 이렇게 만드는 건 바로 당·신. 데헷."

아마 상대방이 가장 이야기하기 쉽다고 생각하는 인격을 연기하는 것이리라.

내 눈앞에 있는 게 왜 이런 인격인지 생각해 봤다.

추측이지만, 노골적으로 수상해서 통찰하

면 본심이 보이는 알기 쉬운 모습에 내가 안심하기 때문일 것이다.

"운명 간섭 리소스의 상한이 늘었다…… 그렇게 된 건가. 디아, 타르트, 마하. 이 세 사람과의 만남은 너무 절묘했어. 찾아다니기는 했지만, 이렇게 딱 좋은 인재와 잇달아 만나다니 보통이 아니야. 그 세 사람과 만나게 한 것 같은 일을 또 할 수 있게 됐다는 거지?"

"아, 눈치채고 있었나요? 맞아요. 운명선을 샤샤샥 조작했죠. 그 세 사람은 도움이 되고 있죠? 모두와 응응할 정도니까요. 요 인기남!"

"……세 사람과의 인연이 다른 사람에 의해 만들어진 것이라고 하니까 별로 기분이 안 좋네."

"아, 그건 살짝 틀렸어요. 감정이나 행동까지 제한하려면 리소스를 왕창 소비하거든요. 까놓고 말해서 무리예요. 저는 그저 당신이 원하는 인재와 만날 수 있게 운명의 방향을 살짝궁 바꿨을 뿐이에요. 만나게 하는 것이 한계죠. 만난 뒤는 간섭하지 않았어요. 자랑스러워해도 돼요. 그 세 사람을 가진 건 순전히 당신의 실력이에요. 어머나, 저도 공략당하는 건 아니겠죠?!"

그 말은 내게 구원이었다.

만약 세 사람의 감정까지 여신이 조작한 것이었다면 그건 너무나도 허무하다.

"그런가. ……다행이야."

"참고로 본래 역사에서는 오늘이 마하의 기일이었어요. 모두의 기일을 돌파하다니 잘됐네요."

"세 사람 다 오늘이 되기 전에 죽었을 거라는 말로 들리는데."

"네, 맞아요. 으음, 아카식 레코드를 어디 뒀더라. 아! 찾았다, 찾았다."

여신이 작위적으로 이공간에서 두꺼운 책을 꺼냈다.

어째선지 그 표지에는 히라가나로 【아카식 레코드】라고 적혀 있었다.

"본래 역사에서 맨 처음 죽는 사람은 타르트예요. 입을 줄이기 위해 겨울 산에 버려져 투아하데로 향하지만 도중에 추위와 배고픔을 견디지 못하고 사망. 그나마 가장 나은 죽음이죠. 그리고 다음으로 죽는 사람은 디아예요. 비코네가 전쟁에서 패배하고, 그 우수한 마법 재능을 노린 변태 귀족이 후계자를 낳기 위해 구입. 우와, 끔찍해라. 인간은 참 어리석네요. 이런 짓을 하면 아이를 못 낳게 되잖아요. 그렇게 망가져서 폐기 처분. 꺄아~ 불쌍해."

나라는 존재가 없었다면 두 사람이 그렇게 됐더라도 이상하지 않았다.

그걸 아는 만큼 화가 났다.

"마지막으로 마하. 예뻤기에 고아원의 악덕 원장이 로리콤 귀족에게 팔아 버려요. 하지만 마하는 억셌죠. 잘 빌붙어서 애인이 되어 로리콤 귀족을 마음대로 주무르게 돼요. 그렇게 로리콤 귀족을 뒷배 삼아 마침내 자신의 가게를 열려던 차에! 질투에 미쳐 버린 정처의 수작으로 도적에게 납치되어서…… 꺅, 여신은 이런 말 못해요, 청순한 캐릭터가 망가져요. 그래서 오늘 죽을 예정이었어요."

"세 사람 다 나랑 못 만나면 죽을 운명이었던 건 우연이 아니지?"

뭔가 이유가 있을 터다.

여신은 보기에는 이래도 행동에 전부 의미가 있다.

"네. 운명을 조작할 때, 개인의 능력과 재능에 더해, 미래에 영향을 크게 줄수록 조작하기 어려워요. 우수한 자일수록 손댈 수 없죠. 하지만 일찍 죽어서 미래가 없는 아이는 운명력이 작아서 능력에 비해 운명을 편하게 조작할 수 있어요. 가성비가 좋아요."

"우리를 게임의 말처럼 생각하는 듯한 말투네."

"맞아요. 애초에 저 자신이 게임의 말조차 아닌 무대 장치니까요~. 뭐, 하지만 방금 알려 드린 것처럼 제가 할 수 있는 일은 아주 적어요."

확실히 적다.

14년간 한 일이라고는 죽을 운명이었던 세 소녀와 나를 만나게 한 것뿐이니까.

"이런 얘기를 하려고 부른 건 아니겠지. ……나도 묻고 싶은 게 있어. 이 세계에 관해 모르는 게 너무 많아. 정말로 세계를 구하고 싶다면 정보를 넘겨."

뱀 마족 미나와 만나고 나서 계속 느꼈다.

나는 이 세계에 관해 너무나도 무지하다.

규칙을 알아야 게임에서 이길 수 있다.

"아아~ 싫어요. 심술부리려고 하는 말이 아니에요. 규칙을 가르쳐 주는 건 운명 리소스를 엄청나게 잡아먹어요. 다른 일은 정말 아무것도 못 하게 될 만큼요."

"그런데 왜 세 사람에 관해서는 나불나불 떠들었지?"

“아, 그건 괜찮아요. 왜냐하면 당신이 스스로 눈치챈 부분이었으니까요. 덕분에 리소스가 안 들어요!”

무대 장치라고 한 말에 걸맞은 무감정한 눈이 나를 보았다.

확실히 눈치채긴 했었다.

세 사람과의 만남을 여신이 주도했다는 것도, 나와 만나지 않았다면 세 사람이 죽었으리라는 것도 상상이 갔었다.

“그럼 말할 수 있는 걸 말해. 여기 부르는 것도 리소스를 썼겠지. 네가 장치라면 의미 있는 일만 할 터.”

“딩동댕~ 맞아요. 당신이 지금까지 올린 공적은 세계를 구할 만하다고 위에서 판단했고 횡재도 있었어요. 따라서 쓸 수 있는 리소스가 늘어났어요. 그래서 조만간 상을 줄 거니까 확실하게 받아 주세요. 이걸 말하려고 불렀어요.”

“……리소스를 소비하니까 그 내용은 말할 수 없고. 굳이 리소스를 쓰면서 이곳에 불렀다는 건, 충고하지 않으면 놓칠 만한 종류라는 건가.”

여신이 빙그레 미소 지었다.

정답인 모양이다.

이렇게까지 하는 걸 보면 아주 큰 포상인가 보다.

“알겠어. 반드시 받지. ……나도 이 세계를 구하고 싶어.”

루그 투아하데로서 살며 쌓아 올린 것을 진심으로 아끼고 있다.

그리고 나를 사랑으로 키워 준 부모님과 나를 좋아해 준 디아, 타르트, 마하를 잃고 싶지 않았다.

"네. 그럼 힘내세요. 이제 믿을 사람은 당신뿐이니까요."

"이제 믿을 사람은 나뿐이라…… 그건 중대한 정보 아닌가? 그걸 말해서 리소스를 소비했다면 용납할 수 없어."

그건 나 말고 전생자가 여럿 있었고 모두 사망했다는 정보였다.

전생할 때 전생자가 나뿐이라고 했던 것은 거짓말이었는지, 아니면 내가 전생하고 나서 늘린 것인지 궁금하지만.

"괜찮아요. 왜냐면 당신도 알고 있었잖아요? 치트 스킬과 전생의 지식을 가지고서 가벼운 기분으로 깽판을 치는 바보는 눈에 띄니까요. 하지만 그래서 눈총을 받아 인간에게 살해당하다니 어처구니가 없다니까요. 아아, 리소스가 아까워요. 뭐, 죽었으니까 이쪽으로 돌릴 수 있지만요. 하지만 여신 입장에서 투자의 기본은 분산 투자인지라 일원화는 안 좋다는 생각도 들어요."

여신의 말대로 전생자로 보이는 존재는 알고 있었다.

그런 짓을 하는 인물은 눈에 띄어서 오르나의 정보망에 쉽게 걸렸다.

직접 만나서 협력을 부탁한 적도 있지만 어째선지 협조성이라고는 없는 인간들뿐이라 거절당했다.

그리고 현시점에 전원 파멸했다는 것도 파악하고 있었다.

여신이 이 세계에 전생시킨 인간은 스펙이 높다.

하지만 어디까지나 인간의 틀 내에서 강한 것이라 조금만 방심해도 죽는다.

"자, 꿈에서 깰 시간이에요. 일어나면 귀여운 마하와 아침을 맞이할 거예요. 그럼 여신의 신탁은 이걸로 끝~ 아아, 피곤해. 오늘은 그만 일할래요. 찜질방 들러서 땀 좀 빼고 드라마 보며 한 잔 마셔야지.”

그렇게 하얀 방이 일그러졌다.

여신의 포상은 대체 뭘까?

어느 정도 고찰해서 가설을 세워 둬야 한다. 안 그러면 분명 놓칠 테니까.

몸을 일으키니 옆에서 마하가 자고 있었다.

완전히 안심해서 풀어진 얼굴이었다. 이런 얼굴을 보는 것은 같이 살던 시절 이후로 처음이었다.

마하는 늘 야무진 자세로 빈틈을 거의 보이지 않아서 이런 모습을 보니 흐뭇하게 느껴졌다.

"……타르트도 디아도 마하도 나랑 못 만났으면 죽었나. 알고는 있었지만 직접 들으니까 느껴지는 바가 달라."

그런 운명이라고 말하는 것은 간단하지만, 이제 나는 그렇게 딱 잘라 받아들일 수 있는 인형이 아니었다.

나는 폭주하는 에포나를 막기 위해 이 세계에 전생했다.

하지만 잠든 마하의 얼굴을 보고 있자니 그녀들을 구하기 위해 전생했다는 생각이 들었다.

"잘 잤어? 루그 오빠."

마하가 졸린 눈을 비비며 깨어났다.

무척 피곤할 것이다.

처음에는 마하가 원하는 대로 하게 뒀지만

후반에는 내가 리드했다.

예상대로 공부만으로는 한계가 있었고, 그 부분을 마하는 분하게 여겼다.

승부욕이 강한 마하는 이런 일도 필사적으로 공부하려고 해서 재미있었다.

"좋은 아침, 마하. 몸은 괜찮아?"

"안 괜찮아. ……루그 오빠 심술쟁이."

뚱한 눈으로 쳐다보았다.

처음인데도 조금 거칠게 굴고 말았다.

너무 사랑스러워서 이성이 날아가 버렸었다.

"미안. 차 끓여 줄게."

"안 돼. 그건 내가 할 거야. 루그 오빠한테 차를 끓여 주는 건 나한테 가장 중요한 일이니까."

"그랬지."

셋이서 살 때 집안일 대부분은 전속 하녀인 타르트의 일이었지만 차를 끓이는 것은 마하의 일이었다.

마하는 침대에서 일어나 실내복을 걸치고 그대로 주방으로 갔다.

주방이 딸려 있는 것도 고급 여관의 특징이었다. 평범한 여관은 방마다 주방을 설비해 두지 않는다.

좋은 차향이 감돌았다.

노크 소리가 들리며 문 아래쪽으로 바구니가 들어왔다.

여관의 조식 서비스였다. 좋은 타이밍이다.

마하는 차를 이쪽으로 가져오면서 바구니를 챙겨 왔다.

"아침 먹자."

"그래. 어제 열심히 운동해서 배고파."

"루그 오빠는 평소엔 멋있는데 가끔 그런 아저씨 같은 말을 하더라. 성희롱이야."

아저씨 같다니…… 조금 상처다.

"조심할게."

"응, 조심해 줘. 루그 오빠가 누구보다 멋있길 바라니까."

마하가 미소 지어서 나도 미소로 화답했다.

차를 받았다. 변함없이 마하가 끓인 차는 구석구석까지 신경 써서 마음이 평온해졌다.

그리고 샌드위치.

……깜짝 놀랐다. 그다지 기대하지 않았는데 그럭저럭 맛있었다.

"이거, 마르이유의 빵을 썼어."

"용케 알았네. 속재료도 최고급이야. 이 여관은 상류 계급이 이용하는 곳이거든."

마르이유는 거리에서 손꼽히는 빵집으로 무르테우에 살 적에는 자주 이용했었다.

게다가 이 빵은 오늘 아침에 구운 것을 배달받은 듯했다. 그렇군, 역시 마하가 고른 여관답다.

이 여관은 기억해 두자.

"후우, 배도 채웠으니 일 이야기로 돌아갈게. ……실은 전해야 할 일이 있었어."

그렇게 말하고서 마하는 서류가 든 봉투를 건넸다.

그걸 빠르게 훑어봤다.

"이건…… 수상하네."

"응. 아주 수상해. 현지 첩보원에게 추가 조사를 명했어."

마하의 자료에는 무르테우의 북쪽에 있는 비르노르라는 제법 큰 도시에서 일어나고 있는 이상 현상에 관해 적혀 있었다.

최근 지진이 빈발하고, 행방불명자도 한 달 만에 십여 명이나 나왔다.

그뿐만 아니라 내 통신선이 끊어졌다.

타르트가 마력으로 신체를 강화하고 내가 만든 단검을 휘둘러도 잘리지 않았던 게 말이다.

그쪽의 통신망은 링형 네트워크로 구성해서 하나가 끊어져도 반대 방향으로 통신이 가능하기에 곤란하지 않지만, 튼튼한 선이 끊어졌다는 것 자체가 이상했다.

행방불명자가 나오고 있는 것을 보면 분명 무슨 일이 일어나고 있다.

"마족일지도 모르겠어. 게다가 그런대로 머리가 좋은 녀석이야."

"무슨 사태일 것 같아?"

"장수풍뎅이와 사자, 육체파 마족을 잇달아 죽였잖아? 그래서 마족은 경계하여 허를 찌르는 수법을 쓸 거라고 예상했었어. 비밀리에 대량 살육을 벌일 준비를 해 뒀다가 때가 되면 순식간에 도시의 인간을 몰살하려는 걸지도 몰라. 그리고 【생명의 열매】를 만든 뒤에는 귀찮은 녀석이 오기 전에 도망치는 거지."

정보가 부족해서 아직 추측의 영역이지만, 이를테면 도시의 지하를 미리 파 뒀다가 단숨에 가라앉히는 것이다. 그 방법을 쓴다면 지금 지진이 빈발하고 통신선이 끊어져도 이상하지 않았다. 그리고 여차하면 도시에 사는 사람들을 순식간에 몰살할 수 있다.

"그러네. 장수풍뎅이 마족 때를 보면 인간을 죽이고 나서 【생명의 열매】가 만들어지기까지 며칠 유예가 있어. 하지만 주민을 순식간에 몰살할 수 있다면 우리가 사태를 알고 달려가기 전에 전부 끝낼 수 있다고 생각할지도 모르겠어."

그랬다. 보통은 「사건이 일어난다」 → 「조사한다」 → 「대응할 수 있는 인간에게 연락한다」 → 「대응할 인간이 달려간다」라는 순서를 거쳐야 하고 아무리 애써도 각 공정에 며칠이 걸린다.

만약 내가 예상한 대로 마족이 준비하고 있다면 뭘 어쩌기도 전에 【생명의 열매】를 들고 도망칠 것이다. ……상대가 내가 아니라면 말이다.

"통신망은 정말 우수해."

나만큼은 그 상식 밖에 있었다.

이 나라에서 무슨 일이 생기면 통신망으로 바로 감지하고 비행해서 당일 중으로 달려갈 수 있다.

아무리 마족이 대단해도 그 사실은 모를 터다.

그렇기에 늦지 않을 수 있다.

"그리고 굉장히 신경 쓰이는 부분이 있어."

"말해 줘."

"어째서 마족은 알반 왕국에만 나타날까? 싸움을 피하고 싶다면 용사와 루그 오빠가 없는 나라를 노리는 편이 안전하잖아? 오크, 장수풍뎅이, 사자까지 마족 세 마리가 잇달아 이 나라를 노렸어. 게다가 정말로 이번 이상 현상을 일으킨 게 마족이라면 네 마리째야."

"그건 나도 의문이야. 마족의 목적이 용사를 꾀어내 죽이는 것이기에 일부러 이 나라만 노리는 거라고 생각했었어. 예전에 오크 마족은 용사를 죽이는 게 목적이라고 명확히 말했으니까. 하지만 이번처럼 용사나 나와 안 만나려고 하면서도 이 나라에 나타나는 건 이상해."

과거 문헌을 보면 이 나라만 계속 공격받는 일은 없었다.

그렇기에 이웃 나라들은 유사시에 용사를 빌려달라고 알반 왕국과 약속을 하려고 했다.

마족과 마왕의 출현은 수백 년마다 일어나는 재해고 각 나라는 저마다 노하우가 있었다. 그런 각국이 자국이 공격당했을 때에 대비하고 있으니 마족은 어느 나라든 공격할 수 있을 터다.

그런데 그러려고 하지 않는다.

즉, 이번만큼은 변칙적인 일이 있어서, 어떤 이유로 알반 왕국만 노릴 수 있다는 뜻이다.

"수중의 정보만으로는 재료가 부족해. 일단은 정보를 모으면서 눈앞의 문제에 대처하겠어. ……고마워. 이 서류가 있으면 여러 가지로 움직일 수 있어."

마족에 관해서는 마족에게 물어보는 것이 가장 빠르다.

다행히 물어볼 곳은 있었다.

"힘이 됐다면 다행이야. 나는 샤워하고 나서 오르나로 돌아갈게. 낮부터 중요한 회의가 있어."

"바쁘네."

"맞아. 하지만 그게 내 역할이니까. 아주 힘들지만, 오빠의 힘이 될 수 있어서 자랑스럽게 생각해."

그렇게 말하고 샤워실로 사라졌다.

……좋은 여자다.

새삼 그렇게 생각했다.

그럼 나는 내 일을 하자.

◇

그 후 나는 투아하데로 돌아갔다.

마족이 암약하고 있는 듯한 도시를 조사하면서 뱀 마족 미나와 접촉을 시도했다.

그 외에도 이것저것 뒤처리를 하고 있었다.

"루그 님, 수고 많으시네요."

"또 틀어박혀 있네."

"둘 다 오늘 훈련은 끝났나 보구나."

타르트와 디아가 고개를 끄덕였다.

두 사람은 내가 왕도에 갈 때 냈던 숙제를 최종적으로 조정 중이었다.

"루그는 뭐 하고 있어?"

"지금은 재판에서 도움을 준 프란트루드 백작의 에프터케어 중이야."

"아! 그거야, 그거. 여장한 루그를 좋아하게 됐잖아. 어쩌려고?"

"루로서 편지를 쓰고 있어. 영지에 무사히 돌아왔다, 당신이 보고 싶다, 두 달 뒤에 왕도에 갈 테니 기다려 달라고."

편지는 여성스러운 필적으로 쓰고 있었다.

이런 것도 암살자의 기능이었다.

"그거, 그냥 시간 벌기잖아."

"이거면 충분해. 두 달간 편지를 몇 번 주고받을 거야. ……그러면서 프란트루드 백작이 생각하는 이상적인 여성상에서 빗나가도록 루의 언동과 취향, 습관을 미묘하게 바꿔 나가는 거지. 내기해도 좋아. 두 달쯤 지나면 사랑은 식을 거야. 그 후 직접 만나서 작은 계기를 연출하면 두 사람의 사랑은 끝이야."

루가 일방적으로 차면 프란트루드 백작은 자포자기에 빠질지도 모른다.

그러니 먼저 시간을 만들어 조금씩 루에 대한 생각을 뒤트는 것이다.

그리고 마지막에는 백작 쪽에서 차게 한다.

"꽤 귀찮은 짓을 하네."

"백작은 훌륭히 일했어. 그 답례도 겸해서 가장 깨끗한 방식으로 끝내는 거야. 사랑이 끝난 것에 안심하는, 아무것도 안 남는 방식이야."

사람의 마음은 쉽게 변한다.

하물며 루와 프란트루드 백작 사이에 피어난 사랑은 극적으로 연출된 일시적인 사랑이다.

서로를 잘 모르고, 몰랐던 부분을 알아 나가면서 이상적인 상대가 아님을 깨닫고, 이해하면서 상대에게 흥미를 잃는다.

"지금의 루그 님은 조금 무서워요……. 저기, 저는 루그 님에게 냉대받아도 쭉 루그 님을 사랑할 거예요."

"타르트는 걱정이 많구나. 방금 말한 걸 자신이 당할지도 모른다고 생각했지?"

"저기, 그게, 루그 님이 저를 버릴 거라고 생각하진 않아요. 그저, 살짝 무서워져서."

"그렇게 허둥대지 않아도 돼. 이렇게 남의 마음을 가지고 노는 녀석이 무서운 건 당연한 감정이야……. 이런 걸 두 사람에게 말하는 건 내 나름의 어리광이야. 너희라면 이런 나를 받아들여 줄 거라고 믿으니까 얘기할 수 있는 거야."

그저 사랑받고 싶을 뿐이라면 어두운 면을 안 보여 주면 된다.

그런데도 보여 주는 것은 두 사람을 믿기 때문이었고, 루 관련으로 걱정하는 두 사람에게 괜찮다고 알리기 위해서였다.

"네! 괜찮아요."

"이런 일로 싫어할 거였으면 처음부터 안 좋아했어."

"그런가."

나는 쓴웃음을 짓고서 편지를 다 적었다.

그것을 전서구의 다리에 묶었다.

이 전서구는 투아하데 소유가 아니라 프란트루드 백작이 루에게 선물한 것이었다.

사랑을 나르기 위해 선물한 전서구가 이별을 가져올 줄은 생각도 못 하고 있을 것이다.

하얀 새가 날개를 퍼덕여 하늘로 날아올랐다.

이로써 프란트루드 백작 관련 일은 끝났다.

크흠, 헛기침했다.

"타르트, 디아, 내일은 숙제를 볼 거야. 그렇게 알고 있어 줘."

다음은 내가 없는 동안 그녀들이 얻은 새로운 힘을 확실하게 보기로 하자.

움직이기 편한 복장으로 바꾸고 디아와 타르트를 데리고서 투아하데 가문이 소유한 뒷산에 왔다.

통상적인 훈련이라면 저택의 안뜰이나 훈련장을 이용하지만, 넓은 공간이 필요한 경우나 주위에 미치는 피해가 큰 경우에는 이곳을 썼다.

특히 새로운 마법을 실험할 때 자주 써서 원래는 나무가 우거진 숲이었던 곳이 황야로 바뀌어 갔다.

"내가 준 숙제는 했지?"

"루그 님을 깜짝 놀라게 하려고 열심히 했어요!"

"완벽해."

두 사람에게는 자신감과 기대가 있었다.

타르트도 디아도 어째선지 칭찬받는 것을 좋아했다. 그것도 어린아이에게 하는 듯한 칭찬을 좋아했다.

어느 정도 나이를 먹으면 그런 것을 창피하게 여기는데…… 그녀들은 그렇지 않은 모양이다.

"그럼 타르트부터 볼까?"

"네! 할게요."

타르트가 주먹을 움켜쥐고 기합을 넣자 여우 귀와 복슬복슬한 여우 꼬리가 생겼다.

변함없이 귀여웠다.

그리고 그 귀여운 모습과는 반대로 야생 육식수가 지닌 살기가 주위를 채웠다.

【야수화】. 용사의 힘인 【나를 따르는 기사들】로 내가 받은 것을 타르트에게 준 것이었다.

신체 능력이 폭발적으로 향상되고 오감이 강화되는 타르트 비장의 카드였다. 그리고 그 대가로 짐승의 본능에 끌려가게 된다.

이전까지의 타르트는 그 본능에 저항하지 못했다.

하지만…….

"눈을 보면 알 수 있어. 눈동자에 지성이 있어."

공격적인 분위기이긴 하지만 분명하게 타르트다운 눈빛이었다.

"네! 말씀하신 대로 최대한 많이 【야수화】를 썼고, 그사이에 줄곧 자신을 진정시키려고 발버둥 쳤어요. 처음에는 전혀 소용이 없었지만 조금씩 익숙해졌어요."

"그럼 테스트해 볼까. 타르트의 특기인 【풍순외장(風盾外裝)】을 써 봐."

【풍순외장】은 바람 갑옷을 두르는 마법이다.

몸에 두른 바람은 갑옷이 되고, 그 바람을 방출해서 가속에도 쓸 수 있는 공방 일체의 마법이었다. 아주 쓰기 좋은 마법이라 나도 자주 썼다.

꽤 난이도가 높은 오리지널 마법이기도 했다.

"지켜봐 주세요. 【풍순외장】!"

몇천, 몇만 번을 쓴 마법이라 영창이 유창했다. 막힘없이 마법이 발동했다.

타르트를 중심으로 일어난 바람이 타르트를 감쌌다.

"완벽해……. 익숙한 마법이라고는 하지만, 이 정도 난이도의 마법을 【야수화】한 상태로 쓸 수 있다면 웬만한 마법은 다 쓸 수 있을 거야."

"시험해 봤어요. 루그 님께 배운 마법 중에서 쓸 수 없는 마법은 두 개뿐이에요."

두 개라면 뭔지 듣지 않아도 알 수 있었다.

타르트에게 준 오리지널 마법 중에서 특출하게 어려운 것. 평상시의 타르트도 세 번 중 한 번꼴로 성공할까 말까 했다.

그걸 쓰지 못하는 것은 【야수화】와 상관없이 기량의 문제였다.

"잘했어. 어려운 과제였는데."

타르트를 끌어안았다. 타르트는 바람 갑옷을 풀고 내게 몸을 맡기며 어리광 부렸다. 그런 타르트의 머리를 쓰다듬어 줬다.

"에헤헤, 힘들었지만 루그 님의 보탬이 될 수 있다고 생각하니 힘이 났어요."

타르트에게 낸 숙제는 【야수화】를 제어하는 것.

지금껏 타르트는 일단 【야수화】하면 본능에 따라 날뛰는 것밖에 못 했다. 시야가 좁아지며 다혈질적인 공격 일변도가 되었다. 마법도 간단한 것만 쓸 수 있어서 타르트의 장점을 지웠다.

【야수화】에 의한 강화가 무시무시해서 그런 결점들을 차치해도 충분히 강했지만, 진짜 강자와 싸울 때는 그 결점이 드러난다.

공격만으로는 안 된다. 수비, 속임수, 도망. 상대가 강할수록 전략이 필요해진다. 그리고 전략의 폭을 넓히려면 수중에 여러 카드가 있어야 했다.

잘 단련한 창술, 몰래 가지고 다니는 권총에 의한 사격, 나와 디아가 준 마법들 등등.

힘과 기술, 양쪽이 갖춰져야 이길 수 있는 상대와 언젠가 반드시 부딪친다.

'그 벤치마크로서 【야수화】 상태에서도 고도의 마법을 쓸 수 있게 되는 것을 과제로 냈어.'

아까만큼 어려운 마법을 쓰려면 자기 자신을 유지해야 한다. 이성적으로 움직이고 있다는 증거였다.

"합격이야. 약속했던 상을 준비할게."

나는 포옹을 풀어 조금 거리를 두고서 어깨에 손을 얹고 말했다.

"네! 아주아주 기대돼요."

타르트가 요구한 상은 조금 의외였지만, 이렇게나 기대로 눈을 빛내고 있으니 굳이 한마디 할 필요는 없을 것이다.

타르트는 【야수화】를 풀고서 뒤로 물러났고 그 대신 디아가 앞으로 나왔다.

"다음은 내 차례네. 내 연구 성과를 보여 줄게."

평소보다 더 의기양양한 얼굴이었다. 디아는 의기양양한 얼굴이 최고로 귀엽다.

"설마 정말로 완성했어? 무리한 요구를 했다고 생각했는데."

"아아아! 역시나. 진짜로 힘들었어!"

디아가 뺨을 부풀렸다.

그런 모습조차 귀여워서 무섭다기보다도 웃음이 났다.

"미안, 미안. 역시 디아는 굉장하네."

"누나니까. 이게 개량한 마탄이야."

그건 우리가 쓰는 권총의 탄환이었다.

【총격】 마법을 쓸 때는 통 안에 탄환을 생성하고 폭발 마법을 일으켜서 사출하지만, 미리 만들어서 가지고 다니는 권총의 탄환은 사전에 제작한다.

디아에게 받은 탄환의 표면에 마력 문자가 새겨져 있었다.

【두루미 혁낭】을 해석하여 얻은 정보를 피드백해서 만든 마도구.

마법을 담을 수 있는 성질을 가지고 있었다.

"호오, 시작품을 상당히 손봤네."

"여러 가지로 잘못되어 있었거든. 실물이 없어서 엄청나게 고생했어."

출발하기 전에 디아에게 시험 삼아 만든 탄환과 내 연구 성과를 정리한 논문과 시작품의 테스트 결과를 건넸었다.

디아의 말대로 해석 대상인 【두루미 혁낭】을 주는 편이 좋았겠지만, 이게 없었다면 재판에서 못 이겼다.

디아가 개량한 탄환을 자세히 보니 내 이론, 즉, 실제 도구로 만들기 위한 전 단계가 틀렸음을 알 수 있었다.

이런, 대체 어떻게 완성한 거지?

"하나 물어봐도 될까? 실제 【두루미 혁낭】이 없는데 어떻게 논문의 틀린 점을 알아낸 거야?"

해석에 사용한 실물이 없는데 그걸 토대로 한 논문의 오류를 알아내는 것은 본래 불가능하다.

"그야 간단해. 논문의 여기랑 여기, 뭔가 기분 나쁜걸. 다른 부분은 깔끔하고 논리적인데 여기만 이상해. 뭐라고 하면 좋을까. 음악이 안 되고 있어. 그래서 음악이 되도록 흐름을 고쳤어."

"이 천재는 대체……."

디아가 규격을 벗어난 천재라는 것은 알고 있었다. 마법의 규칙성과 술식을 발견하고 개발하는 쪽으로는 디아가 나보다 늘 한 수 위였다. 프로그램이라는 개념을 가졌고 위저드급 해커였던 내가 눈치채지 못하는 것조차 알아차렸다. 옛날부터 디아는 그런 방면으로는 눈치가 아주 좋았다.

아마 내가 문자로 보고 있는 것을 소리 같은 감각적인 것으로 파악하고 있을 것이다.

노력으로는 어떻게 할 수 없는 천부적인 재능이었다.

"시험해 봐도 될까?"

"아무렴요. 분명 깜짝 놀랄 거야."

고개를 끄덕이고서 탄환을 쥐고 마법을 영창했다.

그 탄환을 권총에 넣고 사격.

목표물인 200m 앞 큰 바위에 착탄했다.

몇 초 후, 바위 안쪽에서 폭발이 일어나며 바위는 산산조각이 났다.

"완벽해……. 탄환에 담은 마법이 발동했어."

"당연한 일이야. 굉장하지?"

"굉장한 수준을 넘어섰어."

벽에 부딪혀서 완성하지 못했던 것을 디아가 불과 일주일 만에 완성해 버렸다.

그리고 이 탄환은 어마어마하게 유용했다.

마법의 약점은 사정거리다. 폭발 마법의 사정거리는 기껏해야 수십 미터. 정확도를 포기해도 100m가 고작이다.

하지만 탄환에 마법을 담으면 수백 미터 앞으로도 날릴 수 있다. 방금 바위를 부순 것처럼 안쪽에서 마법을 작렬시킬 수 있는 것도 거대한 이점이다.

강력한 패가 될 수 있다.

"누나한테 존경심이 좀 들어?"

"물론이지."

"말로만?"

디아가 거리를 좁히고 시선만 올려서 쳐다봤다.

나는 쓴웃음을 짓고 타르트에게 했던 것처럼 끌어안아 머리를 쓰다듬었다.

"말버릇처럼 누나라고 하면서 이런 걸 좋아한단 말이지."

"그건 그거고 이건 이거야. 믿음직한 누나로서 존경받고 싶고, 연인으로서는 마음껏 어리광 부리고 싶어."

"그런가. 그럼 그렇게 할게."

나는 디아를 존경하고, 어리광을 받아 주고 싶다. 수요와 공급이 일치했다.

"그리고 상 주는 거 잊지 마. 그걸 기대하고 며칠이나 밤새웠으니까!"

"그렇게까지 노력했구나."

"그래야만 끝낼 수 있는 숙제를 낸 건 루그야!"

"그건 그러네."

정말로 만들어 낸 것에 깜짝 놀랐을 정도다.

'두 사람 다 굉장해.'

타르트도 디아도 난제를 확실하게 클리어하여 힘을 얻었다.

그 노력에 상으로 보답하자.

그리고 나도 성장해야 한다. 그녀들이 계속해서 나를 자랑스럽게 여길 수 있도록.

Episode17

제17화 — 암살자는 주저앉은 도시로 향한다

The world's best assassin, to reincarnate in a different world aristocrat

비르노르에서 문제가 발생했다. 바로 현지로 가야 한다.

"정시 연락이 안 와."

지진이 다발 중인 도시 비르노르, 그곳에 있는 첩보원에게 반드시 정시에 연락하라고 지시했다.

정시 연락을 의무화하면, 아무 연락이 없을 시 이상이 발생했음을 바로 눈치챌 수 있다.

"원래는 좀 더 정보를 모으고 나서 움직이고 싶었지만."

특히나 뱀 마족 미나에게서 정보를 얻지 못한 것이 뼈아팠다.

성지에서 아람 카를라로부터 최소한의 정보는 얻었다. 애초에 마족은 여덟 마리뿐인데 그중 네 마리는 존재가 판명되어 남은 건 네 마리뿐이었다.

현재 알고 있는 정보로도 어느 정도 특정할 수는 있었다.

하지만 결국은 전승 수준이라 애매했다. ……미나라면 더 명확한 정보를 제공해 줬을 텐데.

미나를 찾지 못한 것은 우연인지, 아니면 의도적으로 정보를 안 주려고 한 것인지, 그것도 알 수 없었다.

"……내가 쓸 수 있는 방법은 두 개인가."

첫째, 계속 정보를 수집하며 이길 수 있다고 판단될 때까지 움직이지 않는다.

둘째, 지금 당장 비르노르로 가서 마족을 찾는다.

둘 다 장단점이 존재했다.

정보 수집을 계속하면 승산을 높일 수 있다. 하지만 정보를 모으기 전에 【생명의 열매】가 완성되어 마족이 도망칠지도 모른다.

반대로 지금 당장 비르노르로 가면 【생명의 열매】 완성을 확실하게 방해할 수 있다. 단, 적에 관해 모른 채 도전하는 것은 매우 위험하다.

"그럼 절충안밖에 없어."

당장 현지로 간다.

단, 마족이 있더라도 바로 건드리지 않는다.

상황을 보며 정보를 모은다.

그게 가장 좋을 것이다.

◇

아침을 먹은 후 바로 타르트와 디아에게 떠날 준비를 하라고 했다.

두 사람은 깜짝 놀랐지만 고개를 끄덕이고 각자 장비를 갖췄다.

타르트는 평소에 쓰는 접이식 창이 아니라 내가 만든 마창을 장비했고 디아도 꼼꼼히 권총을 정비했다.

준비가 끝나자마자 행글라이더로 하늘을 날았다.

"이번 마족이 어떤 녀석인지는 모르지?"

"그래. 그래서 일단은 내가 정찰할 거야. 두 사람은 떨어진 곳에 숨어 있어 줘."

『네, 그런 건 루그 님의 특기 분야니까요. 이번 마족은 약했으면 좋겠네요.』

타르트는 여느 때와 마찬가지로 혼자 날 수 있기에 통신기로 연락하고 있었다.

이번에 나 혼자 정찰하는 것은, 그게 가장 안 들키는 방식이기도 하지만, 여차할 때 도망치기 쉽기 때문이었다.

마족에게 들킨다고 해서 무조건 싸우는 건 아니다. 승산이 안 보인다면 도주할 생각도 하고 있었다.

"강한지 약한지를 따지기 이전에 애당초 마족이라고 확정된 것도 아니야. ……헛방이면 좋겠는데."

정말로 그랬으면 좋겠다.

예를 들어 저번에 싸운 사자 마족을 생각해 보자. 아무런 사전 정보 없이 그것과 싸웠다면 이기지 못했을지도 모른다.

사전에 정보를 얻어 철저히 준비해서 겨우 승리를 거뒀다.

그 사자는 마족 중에서도 제일 강하다고 미나가 말하기는 했지만, 그렇다고 다른 마족이 약하다는 것은 아니었다.

"아, 슬슬 도착하겠다. 방금 바르야를 통과했어."

"그래. 이제 보일 법도 한데."

투아하데의 눈에 마력을 집중하여 시력을 강화했다.

그리고 말문이 막혔다.

확실히 도시는 있었다. ……하지만 그건 이제 도시라고 부를 수 없는 것이 되어 있었다.

『너무해요. 어떻게, 저런.』

"말도 안 돼. 도시가 가라앉았어."

디아의 말대로 도시가 가라앉았다고 말할 수밖에 없는 광경이 펼쳐져 있었다.

수천 명이 살던 거대한 도시가 통째로 구덩이에 빠졌다. 그렇게 말할 수밖에 없는 참상이었다.

깊디깊은 구덩이였다. 도시에서 가장 큰 탑조차 구덩이 밖으로 삐져나오지 않았다.

하늘에서 관측한 바로는 100m 이상 파인, 말도 안 되게 깊은 구덩이였다.

건물이 파손된 정도를 보면 순식간에 떨어졌다.

아마 모든 주민이 즉사했으리라.

너무나도 끔찍했다.

"……더 빨리 알았다면 막을 수 있었을지도 몰라."

"그런 말을 해도 별수 없어. 막지 못했지만 알아차리긴 했다는 걸 기뻐하자."

"그러네."

통신망이 있고 정시 연락을 의무화했기에 알아차릴 수 있었다.

만약 그러지 않았다면 이 도시에서 정보를 보내지 못해 초동이 며칠 늦어졌을 것이다.

그렇게 되지 않았으니 최악은 아니었다.

◇

행글라이더를 착륙시키고 일단 나 혼자 비르노르였던 잔해 더미로 가서 바람을 조작하여 거대한 구덩이로 천천히 하강했다.

……냄새가 지독했다.

아직 부패하지는 않았지만, 터진 인간의 내장이 여기저기 흩어져 있었다.

주민들에게 있어 그나마 다행인 점은 즉사였다는 것이리라.

기척을 지우고 소리 없이 걸었다.

하지만 그래도 들킬 위험성은 컸다.

땅속에 사는 생물 대부분은 진동을 감지하는 능력이 뛰어나다.

소리를 내지 않아도, 구덩이 속을 걷는 이상 진동은 완전히 숨길 수 없어서, 지면을 통해 전달되는 흔들림을 감지할지도 몰랐다.

일단 그걸 경계하여 바람으로 쿠션을 형성했지만 자기 위안일 뿐이다.

"그렇군. 【생명의 열매】를 만든다는 게 이런 건가. ……영혼 자체를 먹다니."

투아하데의 눈은 한계까지 힘을 높이면 영혼조차 관측할 수 있었다.

통상적으로 사람이 죽으면 영혼은 하늘로 돌아가고, 여신의 말대로라면 표백되어서 새로운 그릇에 담긴다.

나는 그 표백을 일부러 안 하여 지식과 경험을 남긴 채 전생했다.

하지만 여기서는 모든 영혼이 지상에 붙들려 하늘로 돌아가지 못했고, 점점 녹아서 어딘가로 흘러가고 있었다.

"장수풍뎅이 때 생각한 건 착각이었어."

그때는【생명의 열매】를 만들기 위해 인체의 영양과 마력을 흡수하고 있다고 판단했었다.

확실히 영양과 마력도 장수풍뎅이 마족의 목적이었겠지만, 그건【생명의 열매】를 만들기 위해서가 아니었던 모양이다.

【생명의 열매】에 사용하는 것은 영혼이다. 녀석은 잉여 물질을 재이용하여 나무 괴물을 늘렸을 뿐이다.

마족들이 얼마나 인간에게, 아니, 세계에 유해한 존재인지를 재인식했다.

원래 죽어도 영혼은 순환한다. 즉, 영혼의 수는 줄지 않는다.

하지만 이렇게 녹아서 가공된 영혼은 두 번 다시 전생할 수 없다.

세계에 존재하는 영혼의 수가 점점 줄어드는 것이다. 여신이 일부러 귀찮은 짓을 하면서까지 재이용하고 있는 것을 보면 그렇게 간단히 영혼을 만들어 내지도 못할 것이다.

"그렇기에 마왕 부활에 필요한 걸지도 모르지."

마력은 영혼이 만들어 내는 힘이다. 영혼 자체가 힘은 더 강하니, 몇천 개의 영혼을 착취하여 응축한 힘은 상상을 뛰어넘을 것이다.

그게 바로 마왕이 절대적으로 강한 이유라고 고찰할 수 있었다.

……아아, 그래. 그렇게 된 건가.

거기까지 생각하고 가설 하나에 도달했다.

용사가 가진 힘의 정체에 관해.

지금까지 마족의 말 곳곳에 힌트는 있었다.

『그게 인간일 리가 없다.』

『존재 자체가 다르다.』

『그딴 괴물과 제대로 싸울 수 없다.』

마족이 보기에도 용사는 이질적이다. 그건 단순히 강함을 의미하는 게 아니라 존재의 근본이 달랐던 것이다.

즉, 나나 마족이나 결국은 하나의 영혼을 가진 생물일 뿐이지만, 용사는 본질적으로 마왕처럼 몇천 개의 영혼이 압축되어 태어난 존재다.

그렇다면 여신이 한 시대에 한 명만 만들어 낼 수 있는 것도 이해가 갔다. 그런 존재를 계속 만들어 내면 영혼이 고갈된다.

머릿속에서 답이 전부 이어졌다. 생각할수록 그 가설이 옳은 것 같았다.

"깔깔깔깔깔깔깔깔깔깔."

그런 내 생각을 새된 웃음소리가 강제로 중단시켰다.

불쾌한 소리였다.

이건 뭐지?

"내 굴에서 아직 살아 있네. 신기해, 신기해. 살아 있어, 살아 있어. 하지만 안 돼. 놓치지 않아."

압도적인 마력과 독기가 흘러넘쳤다. 마족 특유의 기운이었다.

땅속에서 미끈미끈한 분홍색 촉수가 무수히 얼굴을 내밀었다. 그 하나하나가 나보다 두껍고 길었다.

그 촉수의 땀샘이 열리더니 분홍색 연기가 나와서 구덩이 속을 채워 나갔다.

……이 연기는 위험하다. 흡입하면 바로 끝이다.

"일단 지상으로 나가야겠어."

정보 수집은 중요하지만 살아남는 게 최우선이었다.

이 안개에 대처하며 지상으로 나갈 방법을 바로 준비하기로 할까.

Episode18

제18화 — 암살자는 지중룡의 세례를 받는다

The world's best assassin, to reincarnate in a different world aristocrat

점액에 뒤덮인 무수한 촉수 하나하나가 거대한 지렁이처럼 보였다.

위험한 것은 촉수가 뿜어내는 분홍색 안개였다.

근처에 있던 시체뿐만 아니라 돌조차 흐물흐물 녹아내리고 있었다.

게다가 공기보다 비중이 무거운지 구덩이 속을 채워 나가며 도망칠 곳을 없앴다.

아무리 암살자 훈련으로 어릴 때부터 독을 섭취하여 내성을 길렀다지만 마족이 만들어 내는 독을 흡입하고도 무사할 것 같지는 않았다.

영창을 시작했다.

바람을 일으켜 분홍색 안개를 날렸다.

"안 돼, 안 돼, 안 돼. 그럼 안 돼. 날뛰어도 소용없어, 소용없어. 나는 확실하게 보고 있으니까."

그 말과 동시에 촉수들이 달려들었다.

빠르다.

하나하나가 달인이 휘두르는 채찍 같았다. 달인이 휘두르는 채찍은 음속을 넘어선다. 이 촉수는 그보다 빠른 속도로 복잡하면서도 유기적으로 움직였다.

무엇보다 질량이 압도적이었다.

곡선적인 움직임을 파악하기는 어렵다.

하지만…….

"어떻게든 하겠어."

투아하데의 눈에 마력을 주입하며 몸놀림뿐만 아니라 바람을 이용해 회피.

곡예 같은 움직임으로 피해 나갔다.

그리고 단검을 투척.

단검이 촉수 하나에 박혔다.

내 몸보다 두꺼운 촉수였다. 단검이 박힌 것 정도로는 전혀 아프지도 가렵지도 않을 것이다.

하지만 이건 평범한 단검이 아니었다.

단검이 폭발하며 촉수가 끊어졌다.

와스프 나이프를 내 나름대로 개량하여 만든 병기였다.

단검 자체가 폭발하는 것이 아니라, 단검이 박히면 끝에서 가스가 분출되어 대상의 내부에서 폭발을 일으키는 구조였다.

생물 상대로는 매우 효과적이다.

심심풀이로 개발한 장난감이지만 이런 상대로는 최적이었다.

조금은 통증을 느낀다면 좋겠는데…….

"역시 그런가."

비명을 지르거나 겁먹지도 않고, 남은 촉수가 차례차례 공격해 왔다.

그리고 날아간 촉수는 당연하다는 듯 재생되었다.

나는 혀를 참과 동시에 바람을 조작하여 고도를 높였다.

……단적으로 말해서 손쓸 방도가 없었다.

저 촉수와 같이 놀더라도 유용한 정보는 얻을 수 없다. 철수해야 한다.

높이 뛰고 그대로 바람의 힘으로 상승했다.

이 마족은 우리와 상성이 안 좋다. 사자 마족보다 훨씬 성가실지도 모르겠다.

잠시 후 촉수가 오지 않게 되었다.

하지만 방심하지 않는다.

간단히 보내 줄 리가 없다.

"깔깔깔깔깔깔깔깔깔."

특징적인 웃음소리가 울리며 지면이 흔들렸다. 무너진 건물이 부러질 만큼 큰 지진이었다.

그리고 그것이 나타났다.

다갈색 애벌레. 그렇게 말할 수밖에 없는 기분 나쁜 거구였다. 그 몸길이는 족히 100m가 넘었다.

나를 쫓아왔던 분홍색 촉수가 입가에서 꿈틀거리고 있었다.

그 큰 몸으로 도약했다. 심지어 기세가 무시무시했다.

엄청나게 크다. 흡사 고층 빌딩 같았다.

팔석으로 요격할까? 아니, 너무 가깝다. 이 거리에서 쓰면 나도 폭발에 휘말려 무사할 수 없다.

조금 아깝지만 그걸 쓰자.

"【일제 포격(풀 파이어)】."

【두루미 혁낭】에서 단숨에 포를 꺼내 일제히 사격했다.

지상에서 스파이크로 고정하지 않으면 반동으로 날아가는 공격이었다.

자기로 고정했지만, 내 마력으로는 수십 개의 포격 반동을 억제할 수 없었다.

반동을 억제하지 못하고 포신이 튀었다. 그래도 노린 방향으로 포탄이 날아갔다.

최소한의 정확도였지만, 바로 아래를 조준하고, 상대의 덩치가 컸기에 적중했다.

비처럼 쏟아진 포격이 살을 꿰뚫었다.

"깔깔깔깔."

살이 뚫렸는데도 똑바로 돌진해 왔다.

상처 부위의 살이 꿈틀거리더니 입에 있는 것과 같은 촉수가 나오는 모습은 끔찍했다.

대미지는 주지 못했지만, 포격의 압도적인 운동 에너지로 상대의 속도는 떨어졌다. 이 속도면 도망칠 수 있다.

하지만 가장 길게 뻗은 촉수에서 가느다란 촉수가 또 나오더니 내 발에 감겼다.

촉수의 점액이 마물의 피막으로 만든 전투복조차 녹이기 시작했다.

만약 평범한 옷이었다면 순식간에 녹아서 내 발은 뼈까지 녹아 내렸을 것이다.

몸에 휘감았던 바람 갑옷을 풀고 그 바람을 전부 추진력으로 바꿔서 폭발적으로 가속. 억지로 촉수를 끊었다.

어떻게든 구덩이에서 기어 나와 지면에 착지했다.

구덩이를 노려보자 갈색 애벌레도 구덩이에서 튀어나와 공중에서 몸을 틀었다.

마치 고래의 공중제비 같은 움직임이었고, 최고점에 도달하자 그대로 떨어졌다.

“깔깔깔깔, 아쉬워, 아쉬워. 또 놀자. 돌아갈래, 돌아갈래.”

몇 초 후, 그 엄청난 질량이 지면을 때려 대지가 비명을 지르며 흔들렸다.

그리고 거짓말처럼 정적이 돌아왔다.

……구덩이에 들어온 생물은 모조리 죽이는 것 같지만, 구덩이에서 나가면 간섭하지 않는 모양이다.

구덩이를 들여다보니 거구가 땅속으로 사라졌다.

솔직히 말해서.

“최악이야. 상성이 너무 안 좋아.”

현재로서는 저걸 이길 방법이 생각나지 않았다.

나는 발에 감긴 촉수를 조심스레 풀어 병에 담았다.

뭔가 정보를 얻을 가능성은 충분히 있었다.

◇

그 후 구덩이에 다시 돌입하지 않고 타르트, 디아와 합류했다.

구덩이에 들어가면 바로 들키는 데다가, 그것과 한 번 더 싸워봤자 해치울 수 없고, 이 이상의 정보가 손에 들어올 것 같지는 않았기 때문이다.

"다녀왔어."

"굉장하더라. 여기서도 그 커다란 게 보였어."

"어서 오세요. 저기, 이거 드세요. 레모네이드예요."

"고마워."

타르트에게 레모네이드를 받아 목을 축였다.

신맛과 단맛이 기분 좋았다.

"아무튼 어때? 저걸 쓰러뜨릴 방법을 찾았어?"

"그거 말인데, 현재로서는 방법이 없어."

지금까지는 어떤 마족을 봐도 공략법을 떠올렸지만, 저것을 쓰러뜨릴 방법은 생각나지 않았다.

"그렇지……. 너무 커서 【마족 살해】를 맞힐 수 없는걸."

"맞아. 상대는 몸길이가 100m를 넘는데 우리가 쓰는 【마족 살해】의 사정거리는 몇 미터가 고작이야. 붉은 심장의 위치를 특정해야 하고, 설령 특정되더라도 몸의 중심부에 있다면 거기까지 못 날려."

마족이 성가신 것은 【마족 살해】 등을 이용해 존재의 힘, 그 중

핵인 붉은 심장을 고정화해서 부수지 않으면 무한히 재생하기 때문이었다.

하지만 저렇게 크면 붉은 심장까지 마법을 날리지 못할 가능성이 크다.

"구덩이에 숨어 있는 점도 성가셔요."

"맞아. 언제든 땅속으로 도망칠 수 있다는 건 쓰라려. 저 덩치면 움직임을 막을 수도 없어."

땅속을 움직일 수 있다는 것은 압도적인 강점이다.

아무리 궁지에 몰아도 순식간에 원점으로 돌아가 버린다.

그리고 방어력도 문제다.

예를 들어 예전에 장수풍뎅이 마족에게 했던 것처럼 팔석 폭격으로 끄집어내는 것도 생각해 봤는데, 땅속 깊이 숨으면 위력은 격감한다.

신창【궁니르】조차 그렇다.

게다가 구덩이에서 나온 나를 더 쫓지 않은 점도 불안 요소였다.

우리를 죽이는 것보다【생명의 열매】완성을 우선하고 있다는 증거다. 목숨이 위험하다고 느끼면 곧장 땅속으로 도망칠 것이다.

"그러고 보니 저건 무슨 마족일까?"

"남은 네 마족 중에서 해당하는 건 하나뿐이야. 저건 애벌레처럼 보이지만 용인 것 같아."

"용은 좀 더 멋있을 줄 알았어요."

"……뭐, 그렇지. 하지만 저 엄청난 스케일은 그야말로 용이야."

지중룡(地中竜). 전승에는 그렇게 남아 있었다.

예전에도 땅속에서 도시 자체를 삼켰다고 한다.

"저기, 그때 용사가 어떻게 쓰러뜨렸는지는 안 남아 있어? 용사도 고생했을 거 아니야. 구덩이 속으로 도망치면 곤란한걸."

"전승에 의하면 녀석은 용사를 먹고 땅속으로 돌아갔지만, 용사가 배 속에서 날뛰어 죽였다고 해."

"그거 따라 할 수 있지 않을까? 체내에 들어가면 딱히 땅속으로 도망쳐도 상관없고, 붉은 심장에 【마족 살해】를 날릴 수 있어."

"그렇지…… 하지만 녀석은 돌조차 녹이는 독안개를 뿌려 댔어. 그런 녀석의 체내에 들어가는 건 오싹해."

"윽, 순식간에 녹아 버릴 것 같아."

하지만 이대로는 정말로 방법이 없다.

전승을 힌트로 삼는다는 방향성 자체는 옳다. 저게 지중룡이라는 확신도 얻었다.

그러고 보니 용사는 고전하여 패배를 각오했지만, 폭풍이 몰아치자마자 지중룡의 움직임이 둔해졌다고 했다.

폭풍에 뭔가가 있나?

"……시험해 볼까."

"루그, 왜 팔석을 꺼내?"

"포기하기 전에 조금 괴롭혀 볼까 싶어서."

문득 떠오른 착상에 불과하지만 시험할 가치는 있었다.

마침 병에 넣어 둔 녀석의 육체도 있으니 검토가 가능하다.

……이런 한 가닥 희망에 걸지 말고 철수하는 것이 현명한 선택이긴 했다. 그리고 거의 확실하게 늦겠지만 에포나에게 증원을 부탁하는 것이다. 만에 하나 에포나가 늦지 않는다면 이길 수 있을지도 모른다.

하지만 그런 만에 하나에 걸고 싶지는 않았다.

여기서 녀석을 막지 않으면 【생명의 열매】가 완성되어 마왕의 부활이 가까워질 뿐만 아니라, 다음에도 똑같은 수법으로 다른 도시를 습격할 것이다.

다음에는 투아하데나 무르테우, 소중한 사람이 있는 도시를 노릴지도 모른다.

그러니 여기서 녀석을 끝장내기 위해 전력을 다하겠다.

정의감이 아니라, 내가 지키고 싶은 것을 지키기 위해.

지중룡과의 첫 전투는 상당히 씁쓸했다.

승기라고 부를 수 있는 것을 하나도 찾지 못했다.

하지만 빈손으로 돌아오지는 않았다.

먼저 전승에 나오는 지중룡이라는 걸 알 수 있었다.

전승과 똑같은 성질을 가지고 있다는 것도 확인했다. 그러니 아까 녀석이 보여 주지 않았지만 전승에는 남아 있는 능력도 신빙성이 생긴다.

또한 특수하게 가공된 병 안에서 끊어진 촉수가 꿈틀거리고 있었다.

정확히는 촉수에서 나온 촉수였다.

이 두 가지 수확은 직접 승기로 연결되지는 않지만, 분석하면 가능성은 찾을 수 있다.

"저기, 왜 팔석에 마력을 담으시는 건가요? 마력이 잔뜩 담긴 팔석이 있는데."

타르트가 이상하다는 얼굴로 물었다.

"담는 속성이 달라. 미리 준비한 팔석은 무색 마력을 담은 배터리용이랑 불, 땅, 바람을 혼합해서 담은 폭발용이야. 하지만 지금 준비하는 건 다른 속성을 더하고 있어."

팔석에는 마력을 대량으로 담을 수 있다. 그래서 담는 마력을 바꾸면 성질이 확 달라진다.

"아! 알겠다. 폭풍을 일으키려는 거구나."

"맞아. 바람과 물 마력을 300명분 담으면 폭풍조차 일으킬 수 있어. ……폭풍은 직접적인 화력이 낮아서 지금까지 만들려고 안 했지만, 폭풍이 몰아치자 움직임이 둔해졌다는 전승이 있으니까 시험해 볼 가치는 있어."

그렇게 말하며 팔석에 마력을 계속 담았다.

"흐응, 그거 재밌겠다. 하지만 단기간에 마력을 팔석에 가득 담는 건 아무리 루그여도 무리야."

평범한 방식으로 하면 그렇다.

내 【초회복】은 어디까지나 마력의 회복량을 백수십 배 늘릴 뿐이다.

전력으로 마력을 쏟아부으면 팔석을 채우기 전에 내 마력이 고갈된다.

"그래서 이렇게 무색 마력을 담은 팔석을 오른손에 쥐어 마력을 끌어내고 내 몸에서 속성을 변환하여 빈 팔석에 담고 있는 거야. 이거라면 소모 없이 마력을 담을 수 있어. ……폭풍을 부르는 팔석이 최소한 다섯 개는 있었으면 해."

"그런 건 생각도 못 했어. ……하지만, 응, 가능할 것 같아. 도와줄까?"

"아니, 괜찮아. 팔석에 담긴 마력이 내 거라서 이런 일이 가능한 거니까. 아무리 디아의 제어 기술이 뛰어나도 남의 마력 속성을 변환하기는 힘들겠지."

"그것도 그러네……. 가능하긴 하지만 부담이 커. 미안해."

가능하긴 하다는 것부터가 비정상적인 일이지만 디아는 자각이 없었다.

"따로 부탁하고 싶은 게 있어. 지금부터 내 목적을 설명할 테니까 들어 줘. 타르트도."

두 사람이 다가와서 앉았다.

이번 작전은 나 혼자서는 어떻게도 할 수 없다.

두 사람의 힘이 필요했다.

머릿속으로 정보를 정리하고 이야기하기 시작했다.

"지중룡과 대치했을 때 이상한 점이 몇 가지 있었어. 커다란 몸체와 입에서 나오는 지렁이 같은 촉수는 너희도 봤지?"

"응, 그렇게 크니 여기서도 보였어."

"그중 하나를 와스프 나이프로 터뜨렸어. 하지만 순식간에 재생됐어."

"그건 전혀 이상한 일이 아니야. 마족은 홍색 심장을 부수지 않는 한, 무한히 재생하니까."

"맞아요. 그래서 지금까지 쓰러뜨리느라 고생했어요."

"재생하는 건 이상하지 않아. 하지만 그 모습이 이상했어. 끊어져서 날아간 촉수가 펄떡이고 있는데 단면에서 살이 부풀며 성장하더니 원래 길이가 됐어. 심지어 날아간 촉수는 아무리 시간이 지나도 계속 펄떡거렸어."

그 이야기를 듣고 디아는 감을 잡은 것 같았지만 타르트는 고개를 갸웃했다.

"아, 그런가……. 그건 마족답지 않네."

"죄송해요. 이야기를 못 따라가겠어요."

"좀 더 자세히 말하자면 마족의 재생은 되감는 거야. 전부 마땅한 상태로 돌아가는 거지. 하지만 지중룡이 보여 준 회복 방법, 살이 부풀어서 성장하는 건 너무 건전하고, 잘린 살이 그 자리에 있는 건 말도 안 돼."

불합리하고 개념적인 재생이 마족의 가장 큰 무기다.

하지만 지중룡은 그렇지 않았다.

이전에 해치운 오크 마족도, 장수풍뎅이 마족도, 사자 마족도 전부 재생할 때는 완전히 되감겼다.

날아간 팔이나 다리도 어느새 사라졌었다.

하지만 지중룡은 달랐다. 생물적인 재생 능력을 발휘한 것에 불과했다.

"그럼 저게 마족이 아니라는 거야?"

"아니, 【생명의 열매】를 만들고 있었어. 영혼을 모독하는 방식으로 가공하는 건 마족만 할 수 있어. 그러니까 마족이긴 해. 하지만 저것 전부가 마족이진 않은 것 같아."

"……아! 알았다. 바깥쪽과 안쪽으로 나뉘어 있는 거구나."

"그래. 그게 아니면 설명이 안 돼. 아마 마족은 저 괴물의 배 속에 있어. 전승도 함께 생각해 보면 그렇게 돼. 용사가 안쪽에서 날뛰어 쓰러뜨렸다는 건 반은 맞고 반은 틀렸어. 용사는 체내에서 마족과 만난 거겠지……. 그 증거가 이거야. 냉정해지고 나서 겨우 눈치챘는데, 원래는 이렇게 살점을 병에 담아 돌아올 수 없어."

나는 병에 담겨 있으면서도 여전히 펄떡거리고 있는 촉수를 가리켰다.

만약 그 몸체가 진짜 마족이라면 잘린 촉수는 사라져서 있어야 할 장소로 돌아갔으리라.

단검으로 터뜨린 촉수는 단기간이라면 그럴 수 있을지도 모르고, 내가 못 보고 놓쳤을 수도 있지만, 이 녀석은 결정적인 증거다.

물론 이것만 가지고서 바깥쪽과 안쪽이 다르다고 단정 지어서는 안 된다.

하지만 이 가설이 옳다면 승기가 생긴다.

"그럼 우리에게 부탁할 건 하나네."

"그래. 바깥쪽이 마족이 아니라면, 계속 죽이면 재생이 쫓아오지 못해서 죽을 거야. 나는 용사와 달리 점액에 녹으면서 체내를 탐색할 수 없어. 그러니까 바깥쪽을 죽여서 체내에 있는 마족을 끄집어낼 거야. 그러면 마족을 죽일 수 있을지도 몰라. 내가 굴에서 지중룡을 빼내면 디아랑 타르트는 엄청난 화력으로 포화 공격을 가해서 바깥쪽을 죽여 줬으면 해. ……그러니까 타르트, 디아. 이걸 써."

수중에 있는 팔석 중에서 땅·불·바람을 담은 폭격용 팔석을 타르트와 디아에게 줬다.

내가 쓸 때로 두 개만 남기고 다 넘겼다.

"굴에서 녀석을 꾀어내는 건 내 역할이야. 땅속으로 숨으면 아무리 엄청난 화력으로 공격해도 못 죽일 테니까. 저 녀석이 구덩이에서 나오면 그 팔석을 전부 써서 최대 화력을 때려 박아."

"어어, 저렇게 큰 걸 구덩이에서 끄집어낼 수 있어?"

"그걸 위해 지금 마력을 담고 있는 팔석을 준비하는 거야."

목숨을 건 행위인 것은 틀림없지만, 한 번 대치했을 때의 감각을 보면 가능했다.

"팔석, 저와 디아 님의 협동, 아! 뭔지 알겠어요."

"나도 알았어. 내 역할은 팔석을 임계 상태로 만드는 것과 가장 효과적인 폭격을 위한 팔석 배치를 계산하는 거고, 타르트의 역할은 내 지시대로 팔석을 바람 마법으로 옮기는 거야."

"맞아."

팔석 폭격은 강력하지만, 목표물을 에워싸서 터뜨리는 게 가장 효과적이다.

폭발 에너지의 위력은 방사형으로 퍼진다.

평범하게 쓰면 위력 대부분이 바깥으로 달아나 버린다. 여러 개로 대상을 에워싸서 폭발을 일으키면 그걸 막을 수 있다. 중심에 위력이 집중하여 도망칠 곳이 없어진다.

팔석을 빠르게 임계 상태로 만들면서 폭발하기 전에 가장 효과적인 배치를 계산하고 도출하는 것은 인간이 할 수 없는 일이다.

하지만 디아의 두뇌와 센스라면 그게 가능하다. 문제는 디아의 투척만으로는 계산대로 팔석을 배치할 수 없다는 것이었다.

거기서 타르트 차례다. 타르트는 바람 마법을 철저히 단련하여 정확도가 매우 높다. 디아가 지시한 곳으로 여러 팔석을 운반할 수 있다.

"꽤 어렵네. 목표물이 구덩이에서 튀어나온 순간 입체적인 배치를 생각해야 하는걸."

"굉장히 힘들 것 같아요."

"몇 초 만에 삼차원적이고 난해한 연산을 해야 하는 디아, 순식간에 그 계산대로 팔석을 날려서 배치해야 하는 타르트……. 둘 다 전에 없이 무모한 짓이야."

타르트와 디아가 얼굴을 마주 보았다.

어려운 부탁이라는 것은 알고 있다.

그리고 나는 녀석을 날리는 것만으로도 벅차서 두 사람을 도와줄 수 없다.

"그래도 할게."

"……저도요. 저기, 루그 님, 가르쳐 주세요. 저희라면 할 수 있다고 생각했기에 명령하신 건가요?"

"그래, 맞아. 지금의 두 사람이라면 할 수 있다고 판단했어."

"그럼 할 수 있어요!"

좋은 대답이다.

참으로 타르트답다.

이걸로 끝이 아니다. 작전 실행을 준비하고, 계획이 실패했을 때에 대비해 백업 플랜을 짠다.

가정만 가지고 세운 작전이다. 당연히 실패했을 때를 염두에 둬야 했다.

◇

몇 시간 후, 이번 작전만을 위해 만든 팔석이 준비되었다.

그걸 가지고 구덩이에 뛰어들어 바람 마법을 썼다.

그렇게 어느 정도 고도에서 멈췄다.

……전승상의 지중룡이 어째서 폭풍을 싫어했는지, 여기 오기 전에 잘린 촉수로 검증했다.

그러자 굉장히 알기 쉬운 결과가 나왔다.

단순히 이 녀석은 물을 싫어했다. 몸체의 다갈색 껍데기는 물을 튕기지만, 안쪽 촉수는 물에 닿으면 간단히 점액이 씻겨 나갔다.

녀석에게 점액은 중요하다. 점액은 접촉한 것을 녹이고, 증발시키면 독안개가 되고, 칼날을 미끄러뜨려 공격에도 방어에도 쓸 수 있었다.

또한 점액이 씻겨 나가면 안쪽에서 점액을 토하는 습성이 있어서, 계속 씻겨 나가면 말라서 쇠약해진다. 그게 바로 폭풍을 싫어하는 이유였다.

그렇다면 해야 할 일은 하나다.

손에 든 팔석은 처음에 만들려고 했던 바람과 물을 조합한 것이 아니라 물만 100% 담은 것이었다.

그런 뒤숭숭한 물건 두 개를 임계 상태로 구덩이에 던졌다.

300인분의 물 마력이 담긴 팔석이 폭발하면 어떻게 될까?

답은 아주 심플하다.

그 결과가 눈앞에 나타났다.

대폭포라고 표현할 수밖에 없는 압도적인 물이 구덩이를 채웠다.

이 주변의 지층은 배수성이 매우 안 좋은지 구덩이 속에서 수위가 쭉쭉 올라가 마치 댐 같았다.

내 가설이 틀려서 그 거구 전체가 마족이라면 그저 구덩이 속에 있으면 된다. 설령 죽더라도 바로 재생된다. 언젠가 물이 전부 흘러나갈 때까지 틀어박혀 있으면 된다.

하지만 바깥쪽이 마족이 아니라 권속이라면 내버려 둘 수 없다.

죽으면 돌이킬 수 없다. 점액이 전부 씻겨 나가서 쇠약해져 죽을지 질식해서 죽을지 모르겠지만 언젠가 죽는다.

그리고 제삼의 선택지인 이곳을 벗어나는 것도 불가능하다.

【생명의 열매】는 만들다 만 상태로 제작자가 일정 시간 떨어져 있으면 부서진다고 뱀 마족 미나에게 들었다.

지금까지 고생한 것을 물거품으로 만들고 싶지 않을 것이다.

즉, 해야 할 일은 하나다.

"싫어, 싫어, 싫어. 너 싫어. 날 화나게 했어."

수영장이 된 깊은 구덩이에서 거구가 튀어나왔다.

녀석이 택한 답은 위협을 제거하는 것.

……아까와 달리 노는 것이 아니라 죽이려 들었다. 진심 어린 살의가 피부로 느껴졌다. 물벼락이 심기를 크게 건드렸나 보다.

아무래도 이 가설은 맞는 것 같다.

마침내 승기를 얻었다.

저 쓸데없이 커다란 갑옷을 벗겨서 진짜 모습을 보기로 하자.

제20화 암살자는 갑옷을 벗겨 낸다

물 마력을 담은 팔석이 발동하여 땅속에 가라앉은 도시가 호수가 되자 지중룡이 버티지 못하고 뛰쳐나왔다.

"싫어, 싫어, 싫어, 물 싫어어어어어어어. 물 만든 너 싫어어어어어어어."

태산 같은 거구가 다가오는 것은 그저 공포였다.

하지만 눈을 돌리지 않았다.

암살자는 어떤 사소한 정보도 놓치지 않는다. 살아남기 위해서는, 죽이기 위해서는 정보가 전부임을 알고 있었다.

내 투아하데의 눈. 그 초월적인 시력은 녀석의 거구를 정확히 관찰했다.

'역시나.'

【일제 포격】을 때려 박았을 때, 녀석은 재생했다.

하지만 원래대로 돌아간 게 아니었다.

다갈색 껍데기가 날아가고 안쪽 살이 부풀어 상처를 덮은 것이었다. 껍데기는 여전히 깨진 채였다.

그리고 지금도 분홍색 살이 상처를 덮고 있었다.

이만큼이나 시간이 있었는데도 녀석은 완벽한 상태로 돌아가지 못했다.

저 거구는 마족이 아니라는 의심이 더 깊어졌다.

"구멍 뚫린 몸으로 물벼락은 버티기 힘들겠지."

"싫어, 싫어, 싫어, 싫어!"

완벽한 상태가 아니기에 물벼락에 화를 내고 있었다.

원래는 입에서 나오는 촉수를 수납하고 몸을 둥글게 말면 다갈색 껍데기가 물을 튕겨서 물벼락 따위 걱정되지 않았을 것이다.

하지만 녀석은 【일제 포격】으로 많은 껍데기를 잃었다.

그 상태로 물벼락을 맞으면 안쪽에 스며들어서 점액이 씻겨 나가고 고통스럽다.

노린 것은 아니지만 【일제 포격】은 헛수고가 아니었던 거다.

노발대발한 지중룡은 이제 코앞에 있었다.

살의가 담긴 여덟 개의 눈은 나만을 보고 있었다.

그렇기에 상황이 좋았다.

……처음 만났을 때 이 녀석에게는 여유가 있었고 심지어 놀고 있었다. 놀고 있었기에 다음 움직임을 예상하기 어려웠다.

노발대발하여 죽이려 드는 게 훨씬 알기 쉬웠다. 분노는 시야를 좁히고 살의는 선택지를 줄인다.

지중룡이 돌진하며 무수한 촉수를 창처럼 뾰족하게 만들어 도주로를 막았다.

평범한 회피 방법으로는 절대로 피할 수 없다.

"놀아 줄게."

팔석을 해방했다.

여기에 담은 마력은 바람과 물이 7:3.

아까와 같은 탁류가 아니라 폭풍이 일어났다.

큰비와 폭풍.

지중룡은 덩치에 걸맞지 않은 엄청난 속도로 날아오르고 있지만 그저 점프한 것에 불과했다. 중력을 거스르고 있었다.

거기에 폭풍이 닥쳤다. 눈에 띄게 속도가 줄어들었다.

그뿐만 아니라 물이 안쪽에 스며들어 촉수의 점액을 씻어 내며 움직임을 둔화시켰다.

"젖어, 젖어, 젖어어어, 싫어어어어어어어."

그리고 나는 바람 속을 헤엄쳤다.

몸을 움직여 공기 저항을 조종하면 이런 일도 가능했다.

내가 만들어 낸 폭풍이기에 바람의 변화를 읽을 수 있었다. 그것을 이용하여 녀석의 거구와 무수한 창을 피하며 가속. 그대로 녀석 밑으로 들어갔다.

폭풍이 그쳤다.

그 타이밍에 네 번째 팔석을 발동했다.

"날아가라!"

마지막 팔석은 불과 바람이 3:7.

폭발력 특화였다.

지향성 폭발이 일어나며 거대한 지중룡을 날렸다.

평소에는 땅 속성을 섞어서 질량 병기의 측면을 더하지만, 이번에는 일부러 땅 속성을 뺐다. 그저 날리는 게 목적이라면 이게 더 뛰어났다.

물론 공중에서 이런 것을 쓰면 나도 아래쪽으로 날아간다.

두르고 있던 바람 갑옷을 전부 해제하고 아래쪽으로 분사하여 최대한 속도를 줄였지만 그다지 효과는 없었다. 딱딱한 지면에 부딪치면 즉사할 것이다.

이렇게 될 것은 알고 있었다.

그래서 대책은 세워 뒀다.

눈과 귀, 입을 보호하는 마스크를 쓰고, 공중에서 자세를 잡고, 마력으로 몸을 덮었다. 수면에 닿으며 거대한 물보라가 일었다.

그랬다. 도시를 수몰시킨 것은 지중룡을 괴롭히기 위해서였지만 쿠션으로 삼기 위해서이기도 했다.

그래도 착수의 충격은 엄청났다. 마력으로 방어한 데다가 마물의 피막으로 만들어 내충격 성능이 높은 암살복을 입고 있는데도 불구하고 심한 타박상을 입으며 뼈가 몇 개 부러졌다.

게다가 물속 바닥까지 몸이 빠졌지만 치명적인 상처는 입지 않았다.

바닥을 차서 올라갔다.

"……어떻게든 안 죽었나."

수면으로 올라가 하늘을 올려다보며 마스크를 벗었다.

피부가 따끔거렸다. 물에 녹은 지중룡의 점액 때문이었다. 거대한 호수 수준으로 물을 채웠는데도 여전히 유해한 듯했다.

하늘 높이 날린 지중룡 주변으로 팔석 열다섯 개가 반짝이며 날아왔다.

타르트가 만든 바람에 의해 불가사의한 궤도를 그리며 폭발의 충격이 전부 중심부에 모이게 배치되었다.

이미 임계 직전이었다.

모든 팔석이 목표 지점에 도착함과 동시에 폭발했다.

"역시 디아. 완벽한 배치와 타이밍이야."

나는 다시 마력으로 방어하며 잠수했다.

팔석 열다섯 개를 사용한 초화력 폭발이다.

이렇게 깊은 구덩이여도 위험했다.

심지어 폭발용 팔석은 땅 마력을 담아서 무수한 쇳조각을 흩뿌리는 흉악한 사양이었다.

물밑까지 굉음과 충격이 전달되었고, 수면이 단숨에 증발하며 물이 뜨거워졌다. 게다가 쇳조각이 비처럼 쏟아져 물기둥이 여럿 솟구쳤다.

……과연 300명분의 마력×15의 폭격이다. 무자비했다.

"푸하!"

나는 수면으로 얼굴을 내밀었다.

지중룡의 말로를 보기 위해 눈에 힘을 줬다.

엄청난 화력의 폭발로 거구는 흔적도 없이 날아간 듯했다.

만약 그 거대한 몸이 마족이 아니라는 추측이 옳다면 거구는 재생되지 못하고 마족인 본체만 부활하여 모습을 드러낼 것이다.

……단순한 초재생 능력이라면 이 상태에서 복원될 수 없다.

여기서 부활할 수 있는 것은 마족 같은 회귀형 재생뿐이다.

자, 어느 쪽이냐?

만약 그 거구가 재생된다면 그걸 죽이는 건 불가능하다.

도망칠 수밖에 없다.

투아하데의 눈에 마력을 담아서 무엇 하나 놓치지 않도록 주의하며 탐색형 바람 마법을 병용했다.

공중에서 변화가 나타났다.

타 버린 살점들이 조잡한 역재생 동영상처럼 허공에 나타났고, 그것이 중심에 모이더니 탄 흔적이 사라지며 사람의 형상을 만들었다.

그리고 상처 하나 없는, 희게 빛나는 매끈매끈한 피부의 인간형 생물이 나타났다.

이상한 모습이었다. 마치 마네킹 같았고 아무런 굴곡도 구멍도 없었다.

"사라졌어? 사라졌어어어어어, 갑옷, 내 갑옷, 으아아아아아아아아아아아."

그 외침은 노성이라기보다 울음 같았다.

소년이라는 인상을 받았었는데 그 인상은 틀리지 않은 것 같다.

너무나도 정신적으로 미숙했다. 흰 피부에서 채찍 같은 것이 나와 벽에 붙더니 그대로 지상으로 갔다.

도망치려는 것일지도 모른다.

……이제 녀석을 지키는 갑옷은 없다.

지금이라면 녀석을 죽일 수 있다.

녀석의 몸에서 느껴지는 마력과 독기는 저번에 싸운 사자 마족보다 훨씬 작았다.

"암살에 전념할까."

한순간의 빈틈을 놓치지 않고 목숨을 취하기 위해 움직인다.

동시에 타르트와 디아에게 위기가 닥치면 언제든 도와줄 수 있도록 준비하는 것도 잊지 않았다.

무적의 갑옷을 입고서 자신 혼자 안전권에 있었던 악마가 처음으로 우리와 같은 조건이 되었다.

녀석에게 가르쳐 주자. 이건 학살 게임이 아니라 죽고 죽이는 싸움임을.

지중룡의 외장을 벗기고 녀석의 본체를 끄집어냈다.

……성역에 있는 자료 속 마족의 정보는 역대 용사가 고전할수록 극명하게 적히는 경향이 있었다.

그 점에서 지중룡은 거대한 외장 자체는 상당히 자세히 적혀 있었지만 마족 본체에 관해서는 체내에서 쓰러뜨렸다는 기술밖에 없었다.

아마 본체는 별로 강하지 않을 것이다.

그러니 우리의 기본 전술로 간다.

타르트가 발을 묶고, 디아가 【마족 살해】를 맞히고, 내가 죽인다.

허를 찌를 때는 사각지대에 있는 것이 좋다. 녀석이 판 이 구덩이는 최적의 장소라고 할 수 있었다.

"【빙결】."

수면을 얼려 발판으로 만들었다.

이로써 정밀 사격이 가능해졌다. 여기에서도 녀석을 노릴 수 있다.

【레일건】의 엄청난 화력이라면 이 정도 흙벽

은 간단히 관통해서 벽과 함께 대상을 꿰뚫을 수 있다.

【두루미 혁낭】에서 레일건을 꺼내고 바람 속성 탐색 마법을 사용하여 바람과 시야를 동기화했다.

신형 탐지 마법이기에 깊은 땅속에서 【레일건】을 임계치로 만들며 노릴 수 있었다.

내 역할은 저격으로 녀석을 끝장내는 것. 그리고 만약 타르트와 디아가 대응하지 못한다면 즉각 도와주는 것이다.

◇

~디아, 타르트 시점~

디아와 타르트가 참호에서 얼굴을 내밀었다.

폭풍과 쇳조각이 위를 통과하도록 계산하여 참호를 팠고, 투척과 동시에 참호에 숨어 뚜껑을 덮듯 강력한 결계를 펼쳤었다.

안 그랬다면 죽었을 테고, 이런 일이 가능하기에 루그는 디아에게 맡긴 것이었다.

"확실하게 죽였을까?"

"네! 커다랗고 기분 나쁜 건 날아갔고, 하얗고 매끈매끈한 작은 사람만 재생하는 게 보여요."

"그럼 루그의 예상이 맞아떨어진 거네."

루그의 특기인 바람 속성 탐색 마법은 타르트도 사용할 수 있었다.

그렇기에 참호에 숨어서도 분명하게 상황을 살폈었다.

다만 타르트는 마법 실력과 연산 능력이 루그보다 훨씬 떨어지기에, 효과 범위를 좁히고, 수집하는 정보 항목을 줄여서 간략화했다.

"……루그의 작전대로 못 움직이게 하자."

"네!"

"그리고 조금이라도 위험해지면 도망치라고 한 것도 잊지 마."

"괜찮아요. 지금의 저라면 언제든 냉철해질 수 있어요."

마창을 움켜쥔 타르트와 권총을 뽑은 디아가 참호에서 뛰쳐나갔다.

타르트는 목에 약을 주사했다.

단기간이지만 뇌의 리미터를 해제하여 신체 능력과 마력 방출량을 강화하고 집중력을 향상시키는 약이었다.

단기 결전용 카드를 처음부터 사용한 것은 루그가 그렇게 지시했기 때문이었다.

상대는 능력이 판명되지 않은 마족이다. 힘을 아끼는 것은 자살 행위였다. 또한 단기 결전으로 이기지 못할 것 같으면 루그를 두고 바로 도망치라는 지시도 받았다.

타르트는 마창을 쥔 손에 힘을 줬고, 디아는 허벅지의 홀스터에서 권총을 뽑아 총신에 부품을 장착했다.

자세히 보니 디아의 총은 신형이었다.

한층 커졌고, 총신에 추가 부품을 다니 총검이 되었다. 그리고 칼날 부분에는 마법 문자가 새겨져 있었다.

"응, 느낌이 좋아. 이거라면 평소보다 더 힘을 발휘할 수 있겠어."

근접 능력을 보강하는 조치이기도 했지만, 근본적인 목적은 총을 마법사의 지팡이로 만들기 위함이었다.

지팡이는 마법에 지향성을 주고 마력 수렴을 보조한다. 지팡이가 없어도 마법은 쓸 수 있지만 정확도와 위력이 둘 다 떨어졌다.

하지만 지팡이를 들면 근접 방어의 열쇠인 권총을 쓸 수 없었다. 그래서 루그는 지팡이와 총의 성질을 둘 다 가진 무기를 생각해 냈다.

총으로서는 중량이 늘어나는 데다가 중심이 앞으로 기울어서 다루기 어려워지지만, 그것을 보완하고도 남는 효과가 있었다.

"먼저 갈게요."

지중룡 안에 있던 달걀귀신 마족은 도망치려고 했다.

【생명의 열매】 완성을 포기하고 살아남는 것을 우선했다.

여기서 놓칠 수는 없었다.

……저 마족이 지중룡의 외장을 다시 못 만들 거라는 보장은 없었다. 다시 갑옷을 얻는다면 도시가 또 하나 사라질지도 모른다.

그렇기에 타르트는 먼저 갔다.

타르트에게 여우 귀와 복슬복슬한 꼬리가 생겼다. 비장의 카드인 【야수화】였다. 그 눈에 육식 동물다운 공격적인 색이 깃들었다.

바람 갑옷을 휘감아 방어나 가속에 쓸 수 있는 【풍순외장】의 영창을 달리면서 끝냈다.

"숙제의 성과가 나타나고 있어요."

이전의 타르트는 【야수화】했을 때 본능을 억제하지 못해서 마법을 영창하기 힘들었지만, 매일매일 하는 훈련과 루그가 낸 「숙제」의 성과로 이렇게 어려운 마법도 영창하게 되었다.

"위험해, 위험해, 위험해. 죽일 거야."

눈도 귀도 코도 없는데, 달걀귀신 마족은 타르트에게 얼굴을 돌리고 오른손을 내밀었다.

끝이 단단해진 예리한 손가락이 총알 같은 속도로 늘어났다. 이에 【야수화】 상태 특유의 제육감과 초월적인 반사 신경으로 반응한 타르트는 바람을 방출해서 피하며 가속하여 거리를 좁혔다.

빗나간 손가락이 대지에 박히자 그 흙이 거대한 골렘이 되어 타르트에게 달려들었다.

아마 이건 지중룡을 만드는 능력의 일부이리라.

만약 타르트가 꿰뚫렸다면 꼭두각시가 됐을지도 모른다.

"느려요!"

타르트는 쫓아오는 골렘들을 무시하고 더 가속했다.

남은 바람을 전부 해방하여 추진력으로 삼아 초속에 이르러서 골렘들을 두고 갔다.

"빨라, 빨라, 빨라."

달걀귀신 마족이 이번엔 왼손을 내밀려고 했다.

이 거리와 이 속도에서 아까와 같은 공격을 피하는 것은 【야수화】한 타르트여도 불가능했다. 아무리 반사 신경과 민첩성이 뛰어나도 물리적으로 불가능한 일이었다.

그래서 타르트는 피하지 않기로 했다.

"잡았어요!"

타르트는 마지막까지 전혀 감속하지 않았다. 그 결과, 달걀귀신 마족의 왼팔이 올라오기 전에 창을 찔렀다. ……만약 조금이라도 주저했다면 늦었을 것이다.

달갈귀신 마족은 창에 찔려 대지에 고정되었다.

그러기 위해 타르트는 대각선 아래로 창을 찔러 꿰뚫음과 동시에 손을 놓고 지나갔다.

타르트의 공격은 거기서 끝나지 않았다.

타르트는 뒤돌아 디아와 루그가 개발한 전격 마법을 영창했다.

【호뢰(豪雷)】라고 명명된 마법이었다.

그 이름대로 뇌운을 만들어서 벼락을 떨어뜨린다.

직접 전기를 만드는 것이 아니라 뇌운을 사용함으로써 소비 마력 이상의 강력한 뇌격을 가할 수 있었다.

단, 벼락을 떨어뜨리기까지 시간이 걸리고, 벼락이라는 성질상 정확도가 떨어진다는 문제가 있었다.

하지만 창을 꽂아 대상을 고정하고, 거기에 창이라는 피뢰침이 있으면 얘기가 달라진다.

이제야 타르트를 따라잡은 골렘들이 영창을 방해하려고 했다.

그 다섯 마리 골렘에게 각각 탄흔이 새겨졌다.

골렘의 크기를 생각하면 총알로는 발을 묶을 수 없다. 그럴 터인데, 총알에 담긴 마력이 팽창하며 골렘의 모든 관절을 망가뜨리고 굳혀서 꼼짝도 못 하게 했다.

총알에 땅 마법이 담겨 있었던 것이다.

"나를 잊으면 안 되지."

디아는 그렇게 짧게 말하고서 새로운 마법을 영창하기 시작했다.

타르트는 눈으로 감사를 표하고 마침내 영창을 완성했다.

"【호뢰】."

뇌운이 생기며 빛이 번쩍였다.

그리고 낙뢰.

창에 빨려 들어가듯 벼락이 떨어졌다.

초전압·초전류가 달걀귀신 마족을 덮쳤다. 체내에 꽂힌 창에 벼락이 떨어져 안쪽부터 태웠다.

확실하게 움직임을 막았다.

그 타이밍에 디아의 마법이 완성되었다.

여기서 날릴 마법은 하나밖에 없었다.

"【마족 살해】."

세계에서 유일하게 마족을 죽일 수 있는 초마법. 너무 어려워서 루그와 디아 말고는 누구도 발동하지 못하는 그 마법을 디아는 쉽게 영창했다.

지팡이 역할을 하는 총검의 끝에서 탄환처럼 압축된 빨간 마력탄이 사출되었다.

그것이 달걀귀신 마족에게 적중하자 필드가 전개되며 달걀귀신 마족의 하복부에서 붉은 보석이 섞인 심장이 빛났다.

그게 바로 마족의 핵이었다.

그걸 없애지 않는 한 무한히 재생…… 아니, 복원된다.

반대로 말하면, 핵을 망가뜨리기만 하면 불사의 마족조차 죽일 수 있었다.

“내 심장, 예뻐.”

벼락을 맞아 타 버린 피부를 재생시키며 마족이 황홀한 음성으로 중얼거렸다. 아직 그에게는 여유가 있었다.

핵은【마족 살해】로 실체화시키지 않는다면 용사만이 부술 수 있고, 실체화되더라도 그 경도는 지상에 있는 온갖 금속을 능가했다.

웬만한 화력에는 부서지지 않고,【마족 살해】의 효과는 불과 몇 초였다.

그걸 알기에 나오는 여유였다.

하지만 마족은 모른다. ……평범하지 않은 공격이 오고 있음을.

다음 순간, 땅속에서 음속의 열 배에 이르는 초고속 탄환이 나타나 홍색 심장을 꿰뚫었고, 그 여파로 뒤늦게 육체가 갈가리 찢겼다.

그리고 더는 재생되지 않았다.

마족은 자신이 죽은 순간을 인식조차 못 했을 것이다.

【레일건】의 불합리한 속도와 파괴력은 싱거운 결말을 내놓았다.

마족이 또 하나 죽었다.

“역시 루그 님, 반하게 되는 저격이에요.”

“바람과 동기화되어 보인다고는 해도 눈으로 보는 것과는 감각이 다를 텐데 굉장해. 루그는 괴물이야.”

타르트는【야수화】를 해제하여 여우 귀와 꼬리를 없앴고, 디아는 총검의 날을 해제한 뒤 총을 홀스터에 넣었다.

그리고 타르트와 디아는 하이파이브했다.

"이겨서 다행이에요. ……지금까지 싸운 마족 중에서 제일 약했어요."

"아마 그 커다랗고 기분 나쁜 벌레 같은 거에 힘을 대부분 줬을 거야. 보통은 무적인걸. 그 커다란 건 죽일 엄두가 안 나. 땅속으로 도망치는 것도 비겁하고."

"맞아요. 그걸 죽일 방법을 생각해 낸 루그 님이 너무 대단한 거예요."

타르트는 자랑스러워하며 루그를 칭찬했다.

"그뿐만이 아니야. 타르트가 놀라우리만큼 강해져서 싸우기 편했어. 이제 마족이랑도 호각이지 않을까?"

"……분명 루그 님 곁에 있어서 그럴 거예요. 루그 님 곁에 있으면 무한히 강해질 수 있을 것 같아요. 디아 님도 점점 강해지고 계시고 말이죠."

마하가 말한 대로 타르트는 변했다.

얼마 전이었다면 타르트는 겸손하게 부정했을 것이다. 좋은 변화였다.

"그럴지도 모르겠네. 그럼 슬슬 루그를 맞이하러 갈까."

"네! 루그 님에게 칭찬받는 게 기대돼요."

두 사람은 미소 짓고서 도시가 가라앉은 구덩이로 달려갔다.

마족을 쓰러뜨린 것보다도 사랑하는 사람이 칭찬하고 쓰다듬으며 안아 주는 것이 그녀들에게는 훨씬 더 기쁜 일이었다.

바람을 통해 지상의 모습을 살폈다.

레일건은 틀림없이 달걀귀신 마족의 붉은 심장을 부쉈다.

그렇다고 방심하지는 않는다.

바람 속성 탐색 마법 외에 땅 속성 탐색 마법을 병용하여 철저히 주위를 살폈다.

"……문제는 없는 것 같네."

틀림없이 마족을 해치웠다.

숨을 내쉬며 집중을 풀었다.

혹시 모르니, 사자 마족을 쓰러뜨렸을 때처럼 마족상이 내는 빛이 빨갛게 변했는지 확인해 둬야겠지.

순식간에 도시 하나를 땅속에 빠뜨리는 마족을 만에 하나라도 놓쳐서는 안 된다.

그리고 곤란한 점이 하나 있었다.

'이 힘의 고조…… 완성되어 버렸나 보군.'

얼린 수면 밑에서 엄청난 힘이 느껴졌다.

그것은 비취색으로 발광하고 있었다.

【레일건】 발사 직전에 그것이 완성되며 조금씩 흡수되던 주위의 영혼이 모조리 빨려 들어

갔다.

나 자신도 위험하다고 느꼈을 정도였다. 마력으로 보호하지 않았다면 영혼을 빼겼을 것이다.

……그것의 정체는 하나밖에 없다.

만 명이 넘는 인간의 영혼을 재료로 마족들이 만드는 마왕 부활의 매개체, 【생명의 열매】.

달걀귀신 마족은 갑옷이 되는 지중룡이 파괴되어 열매의 완성을 포기하고 도망치려고 했다.

하지만 얄궂게도 타르트와 디아가 발을 묶었기에 【생명의 열매】가 완성되어 버렸다.

"정말로 정보망이 있어서 다행이야. 정보망이 없었다면 싸우지도 못했겠지."

만약 정보망과 개량형 행글라이더가 없었다면 우리가 오기 전에 【생명의 열매】가 완성되고 지중룡은 모습을 감췄을 것이다.

아무리 강해도, 빠르게 적을 발견하는 눈과 귀, 늦지 않게 도착하는 발이 없다면 의미가 없다.

……상황에 따라서는 마족을 한 번도 따라잡지 못하고 마왕이 부활할 수도 있었다.

"【생명의 열매】를 어떻게 해야 할까."

그렇게 말하며 마법을 썼다.

일단 얼음을 부수고 바람 마법으로 【생명의 열매】를 물속에서 꺼내 허공에 띄웠다.

그것은 비취색 보석이었다. 광물처럼 생겼으면서 생물처럼 맥동하고 있었다. 아름다움과 섬뜩함이 공존했다.

하지만 그런 감상보다 먼저 느낀 인상이 있었다.

'맛있어 보여.'

입에 침이 고였다.

어떤 진수성찬을 봤을 때도, 심하게 굶주렸던 적에도, 이토록 식욕을 자극받은 적은 없었다.

몸의 모든 세포가 저걸 먹고 싶다고 외쳐 댔다.

이성을 총동원하여 그 충동을 막았다.

……먹는 건 고사하고 만지기만 해도 위험하다.

하지만 감정을 지배하고 합리적으로 행동하는 기술을 익힌 암살자인 나조차 이상하게 만드는 뭔가가 있었다.

이성을 뿌리치고 손이 나가 버렸다.

단검을 뽑아 허벅지를 찔렀다.

피가 뿜어져 나오고 격통이 일면서 충동이 조금 가셨다.

하지만 오래 버티지는 못할 것이다.

공중에 떠 있는【생명의 열매】를 대상으로 땅 마법을 썼다.

알루미늄 합금으로 주위를 감쌌다.

은을 섞은 알루미늄에는 신기하게도 마력을 차단하는 효과가 있어서 마도구를 운반할 때는 이걸 사용했다.

두껍게 감싸자 식욕이 꽤 가라앉으며 편해졌다.

그 상태로【두루미 혁낭】에 수납했다.

그렇게까지 하니 마침내 【생명의 열매】의 유혹이 사라졌다.

"위험했어. 까딱 잘못했으면 【생명의 열매】는 지금쯤 위장 속에 있었을 거야."

마왕 부활에 필요한, 인간의 영혼이 만 단위로 쓰인 물건을 먹는다면 아마 나는 파열하거나 괴물로 전락할 것이다.

하지만 의문이 들었다.

사실 인간의 본능은 그런대로 우수하다.

본능에 따른 행동은 윤리관을 무시한다면 대체로 옳을 때가 많다.

먹고 싶다는 생각이 드는 것은 대체로 먹을 수 있다. 몸이 원해서 본능적으로 먹고 싶다고 느끼는 것이기 때문이다.

내 본능이 그걸 바랐으니 【생명의 열매】를 먹는 것이 도움이 될 가능성도 있었다.

다만 그런 가능성에 걸고 도박할 수는 없었다.

도박에서 지면 죽거나 괴물이다.

웃기지도 않는다. 위험성이 너무 컸다.

또한 다른 사람을 사용한 인체 실험도 어려웠다.

【생명의 열매】를 준 순간, 규격을 벗어난 괴물이 될지도 모른다.

애초에 이건 용도가 많다. 조사하면 마족이나 마왕의 생태를 더 깊이 알 수 있을 것이다. 뱀 마족 미나와의 교섭 재료로도 쓸 수 있다.

아니면 부숴 버려도 된다.

아무튼 즉단해서는 안 된다. 현시점에서 올바른 행동은 가지고 돌아가는 것…… 즉, 보류뿐이다.

"일단 위로 올라갈까."

타르트와 디아가 구덩이로 달려오고 있다고 바람이 가르쳐 줬다.

다 같이 승리를 기뻐하는 것이 최우선이다.

일단은 【두루미 혁낭】에 【생명의 열매】를 봉인했으니까.

◇

지상으로 올라가니 타르트와 디아가 내 품에 뛰어들었다.

디아는 그렇다 쳐도, 이런 일을 쑥스러워하는 타르트가 주저 없이 뛰어든 것은 【야수화】의 부작용일 것이다.

두 사람 모두 다치지 않은 것 같아서 안심했다.

"수고하셨어요. 루그 님."

"이번에는 작전이 진짜 잘 먹혔네."

"그래. 모두가 확실하게 역할을 다했으니까. 팀의 승리야."

누군가 한 명이라도 실수하면 끝나는 상황에서 완전하게 기능했다.

우리는 틀림없이 최고의 팀이다.

부둥켜안아 서로가 무사함을 기뻐하고 팔을 풀었다.

그러자 디아가 눈을 가늘게 떴다.

"……뭔가 조금 이상해. 루그한테 이상한 마력이 휘감겨 있어."

"그거 말인데, 【생명의 열매】가 완성되어 버렸어. 그걸 회수할 때 여러 가지로 씌었어."

먹지는 않았다.

하지만 근처에 있던 것만으로도 【생명의 열매】가 내뿜는 파동을 쐬었다.

【두루미 혁낭】에 넣은 뒤로는 전혀 힘이 새어 나오지 않지만, 【두루미 혁낭】 안에 있던 물건들이 어떻게 됐을지는 불안했다.

그 위험성을 알아도 【생명의 열매】를 두고 갈 수는 없었고, 그렇다고 직접 들고 옮길 수도 없었다.

"그거, 괜찮은 거야?"

"이 정도는 내버려 두면 흩어져. ……하지만 두 사람한테 무슨 일이 생기면 안 되니까 한동안은 나와 떨어져 있는 편이 좋겠어. 타르트, 디아를 네 행글라이더에 태우고 먼저 돌아가 줘."

그렇게 말했지만 두 사람은 떨어지지 않았다.

"루그한테 무슨 일이 생길지도 모른다면 근처에서 그걸 어떻게든 할 사람이 필요하잖아? 떨어질 수 없어."

"저도요. 그리고 루그 님이 괜찮다고 하셨으니 괜찮아요."

"……고마워."

일련탁생. 합리적이라고는 할 수 없지만, 두 사람과 함께라면 그것도 괜찮다는 생각이 들었다.

"타르트, 디아, 물러나."

그런 두 사람을 감싸며 앞으로 나갔다.

늘 준비해 두는 탐색 마법에 반응이 있었기 때문이다. 반응이 있었던 방향으로 몸을 돌리고 가슴 쪽에 넣어 둔 총으로 손을 가져

갔다.

"줄곧 방관하다가 이제야 등장인가…… 노이슈."

내 친구이자, 뱀 마족 미나의 간섭으로 인간을 그만두면서까지 힘을 손에 넣은 남자가 거기에 있었다.

저번에 만났을 때보다 더 강화되어 있었다.

그건 더욱 돌이킬 수 없어졌다는 뜻이었다.

"나도 싸우고 싶었지만, 미나 님의 명령이야."

미나 「님」인가.

노이슈는 이전에 어디까지나 대등한 관계로 미나를 대했었다.

그랬는데 「미나 님」이 됐다.

마음까지 지배당했다. ……하지만 일단 인류를 위해 싸우고 싶다는 의식은 남아 있었다. 그렇기에 마족과 싸우고 싶었다는 말을 할 수 있었다.

"그런가. 어서 본론을 말해. 이제 와서 나온 걸 보면 우리한테 할 얘기가 있는 거지?"

"따라와. 미나 님이 기다리고 계셔."

그렇게 말한 노이슈가 가리킨 지면에서 왕뱀이 나타났다.

노이슈가 그 머리에 올라타더니 따라오라고 손짓했다. 노이슈뿐만 아니라 우리 세 사람도 머리에 탈 수 있는 엄청난 크기였다.

"만약 싫다고 한다면?"

"그럼 나는 너와 싸워야 해."

노이슈가 마검을 뽑았다.

……전보다 노이슈가 강해졌어도 이길 수는 있다.

하지만 적당히 싸워서 이길 수는 없을 만큼 강화되어서, 싸운다면 노이슈를 죽이게 될 것이다.

나는 노이슈를 친구라고 생각한다. 그런 일은 피하고 싶다.

그리고 미나와는 이야기하고 싶다고 생각하던 차였다.

"알았어, 갈게. 뱀을 타고 이동하는 건 처음이네. ……타르트, 디아, 내 옆에 꼭 붙어 있어."

"말 안 해도 그럴 거야. 뱀 싫단 말이야."

"……조금 무섭네요."

두 사람이 내 옷자락을 잡았고 셋이서 뱀의 머리에 올라탔다.

뱀의 비늘 때문에 미끄러울 줄 알았는데 의외로 확실하게 발 디딜 곳이 있었고, 잡기 편한 뿔이 여러 개 있어서 그걸 잡았다.

모두 올라타자 노이슈가 뭐라고 말했다.

사람의 언어가 아니었다.

왕뱀이 반응하며 마차와는 비교가 안 되는 속도로 발진했다.

……아마 목적지는 미나의 마족으로서의 거점이리라.

인간의 탈을 쓰고 지내는 도시로 초대하면서 이런 왕뱀을 보낼 리가 없다.

'미나는 확실하게 지중룡, 아니, 달걀귀신 마족의 움직임을 알고 있었어.'

그런데도 일부러 내게 아무런 정보를 넘기지 않았다.

그 이유를 확실하게 들어야 한다.

상황에 따라서는 미나와의 협력 관계가 파탄 날 수도 있다.

……그리고 그렇게 되면 그녀의 소굴에서 빠져나오느라 고생할 것 같다. 지금부터 준비해 두자.

최악의 경우를 상정하는 것이 암살자니까.

■ **작가 후기**

『세계 최고의 암살자, 이세계 귀족으로 전생하다 5』을 읽어 주셔서 감사합니다.
작가 『츠키요 루이』입니다.

5권을 읽어 주셔서 감사합니다.
여신님의 이면을 보고 깜짝 놀라신 분도 있을 겁니다!
마왕의 부활, 그리고 용사가 저지르는 과오, 피할 수 없는 운명이 점점 다가옵니다. 다음 권도 기대해 주세요!

선전

만화 2권이 7월에 발매됩니다. 스메라기 하마오 님이 그리시는 만화판도 꼭 읽어 주세요!
카도카와 스니커 문고에서 간행 중인 『회복술사의 재시작』(꽤 야한 복수담)의 애니 제작은 순조롭게 진행 중이라 곧 있으면 방송 시기도 발표될 것 같습니다.
머지않았어요! 그쪽도 꼭 봐 주세요.

감사 인사

레이아 선생님, 5권도 멋진 일러스트를 그려 주셔서 고맙습니다.

담당 편집자 미야가와 님. 늘 그렇지만 빠르고 성실하게 대응해 주셔서 정말 감사합니다.

카도카와 스니커 문고 편집부와 관계자 여러분. 디자인을 담당해 주신 아츠지 타카히사 님, 여기까지 읽어 주신 독자님들께 무한한 감사를 드립니다! 고맙습니다.

세계 최고의 암살자,
이세계 귀족으로
전생하다 5
SEKAI SAIKO NO
ANNSATSUSYA
ISEKAI KIZOKU
TENNSEI SURU
5권 발매
축하
드립니다!
여신의 의기양양한
얼굴을 계속 그릴 뿐인
일자리에 취직하고 싶어요….
(그리고 네반 님 좋아요….)

세계 최고의 암살자, 이세계 귀족으로 전생하다 5

1판 1쇄 발행 2021년 9월 20일
1판 2쇄 발행 2022년 9월 29일

지은이_ Rui Tsukiyo
일러스트_ Reia
옮긴이_ 송재희

발행인_ 신현호
편집장_ 김승신
편집진행_ 권세라 · 최혁수 · 김경민 · 최정민
편집디자인_ 양우연
관리 · 영업_ 김민원

펴낸곳_ (주)디앤씨미디어
등록_ 2002년 4월 25일 제20-260호
주소_ 서울시 구로구 디지털로 26길 111 JnK디지털타워 503호
전화_ 02-333-2513(대표)
팩시밀리_ 02-333-2514
이메일_ lnovellove@naver.com
L노벨 공식 카페_ http://cafe.naver.com/lnovel11

ISBN 979-11-278-6194-0 04830
ISBN 979-11-278-5473-7 (세트)

값 10,000원

모험가가 되고 싶다며
도시로
떠났던 딸이
모지 카키야
MOJIKAKIYA
toi8
ILLUSTRATION
S랭크가 되었다 9
MY DAUGHTER GREW UP TO
"RANK S" ADVENTURER.
L BOOKS

고블린 슬레이어 1~14권

카규 쿠모 지음 | 칸나츠키 노보루 일러스트 | 박경용 옮김

"나는 세상을 구하지 않아. 고블린을 죽일 뿐이다."
그 변경의 길드에는 고블린 토벌만 해서
은 등급까지 올라간 희귀한 모험가가 있다…….
모험가가 되어 처음 짠 파티가 괴멸하고 위기에 빠진 여신관.
그때 그녀를 구해준 자가 바로 고블린 슬레이어라 불리는 남자였다.
그는 수단을 가리지 않고, 수고도 마다치 않으며 고블린만을 퇴치한다.
그런 그에게 여신관은 휘둘려 다니고, 접수원 아가씨는 감사하며,
소꿉친구인 소치기 소녀는 기다린다.
그런 가운데 그의 소문을 듣고서 엘프 소녀가 의뢰를 하러 나타났다—.

압도적 인기의 Web 작품이 드디어 서적화!
카규 쿠모 × 칸나츠키 노보루가 선물하는 다크 판타지, 개막!
TV 애니메이션 방영작!

스파이 교실 1~3권

타케마치 지음 | 토마리 일러스트 | 송재희 옮김

아지랑이 팰리스 공동생활 규칙.
하나, 일곱 명이 협력하여 생활할 것.
하나, 외출 시에는 진심으로 놀 것.
하나, **온갖 수단으로 나를 쓰러뜨릴 것.**

—각국이 스파이로 그림자 전쟁을 벌이는 세계.
임무 성공률 100%, 그러나 성격에 난점이 있는 뛰어난 스파이, 클라우스는
사망률 90%를 넘는 「불가능 임무」 전문 기관 「등불」을 창설한다.
하지만 선출된 멤버는 실전 경험이 없는 소녀 일곱 명.
독살, 함정, 미인계— 임무를 달성하기 위해 소녀들에게 남은 유일한 수단은
클라우스를 속여 이기는 것이다!

1대7 스파이 심리전! 통쾌한 스파이 판타지!!

거미입니다만, 문제라도? 1~14권

바바 오키나 지음 | 키류 츠카사 일러스트 | 김성래 옮김

분명히 여고생이었을 텐데 정신을 차리고 보니
「나」는 본 적도 없는 곳에서 《거미》라는 괴물로 전생해버렸다?!
어미 거미의 동족 포식을 피해 도망쳤지만 방황 끝에 도착한 곳은 괴물들의 소굴.
독개구리, 왕뱀, 거대 늑대, 심지어 용까지 설치고 다니는 최악의 던전.
힘없는 조그만 거미인 「나」는 이곳에서 무사히 살아갈 수 있을 것인가……?
으악, 되도 않는 소리는 작작 하란 말이야!
나를 이런 상황으로 몰아넣은 놈 누구야! 당장 튀어나와!!

수많은 인터넷 독자들이 응원하는
거미양의 서바이벌 생활, 당당히 개막!